Merci de votre attention

Pascale Clark

Merci de votre attention

ROMAN

LE GRAND LIVRE DU MOIS

700

A Marine Z

Pourquoi ces rivières soudain sur les joues qui coulent...

ALAIN SOUCHON

– J'espère que t'as du biscuit sur la petite Dubois !

James Chardonne venait de débouler dans le minuscule bureau sombre sans sommation, ni le moindre regard pour l'humain qui y tuait de longues heures avec application. Il n'attendit pas la réponse, il n'avait d'ailleurs pas posé de question mais intimé un ordre qui suintait la menace.

Aboyer, pour certains boss, tient de la posture psychologique.

Alain Mercier émit un soupir sifflant du tréfonds de ses bronches attaquées par le goudron. Il tenait, entre ses doigts jaunis, l'urgent de l'AFP tombé quelques minutes plus tôt et considérait la nouvelle avec découragement.

Merci de votre attention

Urgent. Télévision-Faits-divers. Afpfr lun. 20 sept. 9 : 45. Agence 1 : 02

La présentatrice météo France Dubois
agressée par un inconnu.

PARIS, 20 sept. (AFP) – La présentatrice de la météo sur la chaîne La Première, France Dubois, a été admise dans la nuit de dimanche à lundi aux urgences de l'hôpital de la Pitié-Salpêtrière à Paris, après avoir été agressée au cutter par un inconnu alors qu'elle sortait dimanche soir vers 21 heures des locaux de la chaîne privée à Boulogne (Hauts-de-Seine). Agée de 28 ans, France Dubois a été touchée au cou et au visage. Les médecins réservent leur pronostic.

Son agresseur a pu prendre la fuite sans être inquiété. L'enquête a été confiée au SRPJ de Versailles.

La direction de La Première exprime sa profonde émotion dans un communiqué. France Dubois y présentait la météo depuis trois ans. Elle avait reçu, l'an dernier, le 7 d'or de la meilleure révélation télé de l'année.

Fxr/mst
AFP   131108 SEPT. 99

Alain Mercier délaissa le document d'un air las et entreprit de régler sa montre mécanique en l'alignant sur l'heure qu'une pendule ronde aux chiffres digitaux rouges affichait comme une information officielle.

Il pensa avec mélancolie à ces personnalités en bout de course dont il devrait se séparer pour un temps.

L'urgence qui venait de lui tomber dessus affichait vingt-huit printemps, il allait devoir s'attaquer à une jeunesse alors que s'accumulaient les destinées dont la vie ne semblait plus tenir qu'à un fil.

Les mois de septembre, avait-il eu l'occasion de remarquer au cours de ses vingt années de pratique nécrologique, étaient particulièrement meurtriers.

Dès son retour des grandes vacances passées bon an mal an dans sa fermette du Lot, il se devait d'anticiper et peaufinait les vies et œuvres de tel chanteur français donné mourant depuis une bonne dizaine d'années (il tenait toujours la rampe), de ce souverain pontife de plus en plus titubant (Dieu rechignait à le rappeler) ou de cette comédienne qu'un abus persistant de boisson avait, à la longue, rendue plus tragique que tragédienne.

Autant de trajectoires qui pouvaient basculer définitivement à tout moment comme on appuie sur un interrupteur.

Nous sommes tous entre la vie et la mort, mais quand même ! Pour saluer la mort, il avait besoin d'un peu de vie. Alain Mercier se demanda où il irait puiser la richesse et les creux dans un parcours dont l'esquisse même était incertaine, il n'avait pas, de surcroît, de sentiment personnel sur cette France Dubois dont la personnalité se cachait derrière des considérations atmosphériques.

Il se voyait mal filer la métaphore : « Soudaine dépression sous le soleil » ou : « Fatal coup de tonnerre sur la météo », il laissait ça à d'autres.

Le nécrologue avait bâti sa carrière sur un regard juste et exigeant, tous ses confrères de Votre Radio vantaient la qualité et la finesse de son travail.

Il savait éviter poncifs et pathos dans un style sobre et coulant. Certes, le plus souvent, il travaillait pour le marbre, cette réserve des possibles, il racontait la vie des morts encore vivants pour le jour où, mais quand il enregistrait ses nécrologies, réfugié dans le retour de son casque, sa voix posée et pénétrante rendait possible la formalité.

Alain Mercier poussait même la conscience professionnelle jusqu'à fournir une liste de numéros de téléphone (parfois même ceux des portables) des personnalités à contacter en cas de mort effective pour alimenter les réactions. De petites indications notées de son écriture fine et méticuleuse accompagnaient la « Kleenex list » : ne pas appeler trop tôt le matin, lui faire raconter telle ou telle anecdote, ou même : « En cas de coma, peut réagir avant le dernier souffle (bien faire attention à ne diffuser qu'après coup). »

La mort dans l'âme, il estima que France Dubois allait bien tenir quelques heures encore. Il enfila son long manteau, épousseta les pellicules d'un geste nerveux et fila au café se jeter un ballon de courage.

En poussant la porte de La Bonne Fréquence, le café qui avait eu l'idée juteuse de s'installer en bas de Votre Radio, il tomba sur Rossi, le reporter vedette de la station.

— Salut Père-Lachaise, t'en fais une tête, t'enterres qui en ce moment ?

Des années qu'il s'entendait ainsi qualifié, des années qu'il en souffrait. Avec les années, il ne le montrait plus.

— J'ai une urgence. France Dubois.

— Dubois, qu'est-ce qu'il lui arrive ?

— Tu n'es pas au courant ?

— Non, je débarque. J'ai eu une soirée assez chaude. Qu'est-ce qu'elle a, la petite ?

— Elle a été agressée au cutter hier au soir et...

Déjà Rossi avait bondi.

— Tu me règles la conso, Lachaise, je file, sinon ils vont refiler le bébé à l'autre naze.

Les bottines Berlutti avachies sur son grand bureau en teck, James Chardonne se livrait à son occupation favorite : mâchonner un barreau de chaise en écoutant sa radio : Votre Radio. Il la buvait en perfusion, sans doute le son circulait-il dans ses veines.

Chardonne était l'un des directeurs les plus en vue des rédactions parisiennes, il en avait créé, il en avait repris, un mystère total régnait sur son parcours antérieur, à croire que dans sa vie il n'avait fait que diriger.

Curieusement, sa réputation boursouflée ne souffrait pas des échecs qu'ils avaient essuyés, quelques audiences coulées, des centaines d'employés sur le carreau, l'amnésie était collective, sa grande gueule semblait faire office de talent.

Soudain, il fut contrarié. La présentatrice venait de savonner. Il se pencha vers le micro d'ordre installé sur sa gauche, appuya sur le bouton rouge et hurla dans le casque de la journaliste à l'antenne : « Articule, feignasse ! »

La malheureuse ne s'en tirerait pas sans une bonne punition au milieu de la rédaction : répéter cent fois la même phrase un crayon coincé entre les dents, elle n'en bafouillerait plus de sitôt.

Sa mission accomplie, Chardonne entreprit de se curer les ongles avec l'antenne dorée qui trônait en évidence, trophée de l'homme de communication de l'année.

Journaliste, c'est parfois surfait.

David Divarovitch le savait bien, pourtant. Là était même sa qualité majeure, ne pas se laisser étourdir par les apparats d'une profession multiforme. Il doutait de tout tout le temps, se méfiait de ses propres réflexes, préférait sa conscience, ne mégotait pas sur le temps apparemment perdu et répugnait à dégainer son métier comme un argument.

Pour l'heure, il filait à vive allure vers un reportage qu'il détestait déjà. Enquête de proximité. Il avait ramassé la mise en arrivant le premier à la rédaction de La Publique, le matin même. Une méchante insomnie l'avait sorti du lit ; quand le sommeil venait à se briser, pas la peine de macérer, il se levait et filait travailler.

Il aimait le calme du petit matin, être le premier à poser ses empreintes digitales sur les journaux immaculés. Les autres ne comprenaient pas bien, le regardaient avec la méfiance de ceux qui ont à se reprocher, eux seuls savaient quoi. Et encore, dans le meilleur des cas.

Un tract syndical placardé une nuit à tous les étages de l'immense maison, portes vitrées, murs désolés, ou ascenseurs hésitants, l'avait même, peu de temps après son arrivée, jeté dans le camp des jaunes. Comment ! Un salarié méprisait la pendule réglementaire, ignorait RTT et notes de frais avantageuses ?

ATTITUDE SCANDALEUSE, le verdict sans appel s'étalait en lettres sténotypées. Et alors, on le pend ?

David les avait maudits avant de les plaindre, ces journalistes ramollis dans le bain utérin du fonctionnariat. Tellement aveuglés par leurs petits droits à défendre qu'ils en oubliaient d'user de cet espace de liberté incomparable qu'offrait encore le service public. Tant pis pour eux. La perpétuité les amènerait sans à-coups vers une retraite consternante.

Ainsi France Dubois avait-elle été agressée la nuit dernière. Le reporter d'alerte avait planqué toute la nuit devant l'hôpital. Au petit matin, le chirurgien qui avait opéré la vedette avait pris le temps d'enfiler son manteau de cachemire trois fils pour sortir sur le perron lire devant micros et caméras surexcités un bulletin de santé incompréhensible.

Tout juste pouvait-on en déduire que la jeune femme n'était pas encore définitivement tirée d'affaire, sa carotide avait été touchée.

David savait déjà ce que nul ne semblait encore réaliser : France Dubois pouvait tirer un trait définitif sur l'antenne.

La télévision supportait déjà difficilement toute entorse de couleur ou de race au modèle dominant, elle ne souffrirait pas une balafrée.

La dimension psychologique de l'affaire l'intéressait, pas au point tout de même d'aller fouiller les poubelles de la victime pour y débusquer quelque croustille.

Devant l'immeuble de la famille de France Dubois à Versailles, il pesta. Une voiture siglée Votre Radio paradait déjà devant le bâtiment sage.

David en était à espérer que ce ne fût pas Rossi, quand il l'aperçut saluant une femme puis regagnant son véhicule, l'air satisfait de celui qui a obtenu ce qu'il était venu chercher.

Non, pas lui !

Ce charognard qui irait jusqu'à raconter les histoires intimes de sa propre sœur s'il y gagnait quelque gloriole !

David soupira. Décidément, ce n'était pas sa journée.

Sur le périphérique du retour, il décida de pousser porte de Clignancourt. Sa visite de courtoisie chez les proches et les voisins de France Dubois n'avait rien donné, sans doute avait-il été trop courtois. Nul ne comprenait, nul ne connaissait d'ennemi à France, une fille charmante et pas prétentieuse pour un sou. L'un après l'autre, ils avaient refusé de témoigner au micro, on n'entendait pas visiblement donner trop d'écho à l'agression, vous comprenez, Versailles est un petit village. La routine.

David appela sa rédaction pour prévenir qu'il ne ferait rien pour le 13 heures.

– Et qui va raconter les faits ?

– Eh bien, vous le faites sur dépêches, je n'ai rien de plus.

David Divarovitch était un drôle d'oiseau dans le métier. Eminemment subjectif, étonnamment honnête. Il avait décidé d'offrir son regard et rien d'autre, se méfiait par-dessus tout des certitudes collectives.

Au final, ses impressions faisaient grande impression. On le saluait aujourd'hui pour ce qu'on lui avait reproché hier, il n'aurait pas pu dire quand et comment s'était opérée la bascule. Sa route avait été plus longue mais c'était sa route.

19

Son portable sonna, il considéra l'écran et y découvrit avec bonheur le prénom qui s'affichait.

– Bonjour, Alexandra, comment vas-tu ce matin ?

– Un peu tôt pour se prononcer. T'es où ?

– J'arrive porte de Clignancourt. Je passe voir ma grand-mère.

– On se voit ce soir ?

– Avec plaisir. Je te rappelle tout à l'heure. Tu es au courant pour...

La conversation venait d'être coupée, il entrait sous un tunnel. Sous la lumière artificielle, il sourit. Finalement, sa journée s'arrangeait considérablement. En cherchant une place, David repensa à Alexandra sur la Piazza del Popolo à Rome, l'image avait surgi, intacte : de longs cheveux noirs lâchés, souples et brillants, un sourire étincelant, elle dansait.

Il possédait ainsi, imprimés dans une case à part de sa mémoire, quelques instantanés des êtres qu'il chérissait.

Il était dans la seconde tombé en amour pour Alexandra dès qu'il l'avait croisée en première année de l'école de journalisme. Il n'était pas le seul. Elle lui avait préféré un autre très vite disparu du circuit. Il l'avait gardée. En amie. C'était autre chose, c'était déjà ça.

David fit le tour de l'immeuble et entreprit de cogner violemment au carreau du rez-de-chaussée. Pourvu que sa grand-mère ait déjà installé son appareil auditif !

Elle apparut en peignoir, surprise, heureuse.

David refit le tour, elle l'attendait sur le seuil de son petit appartement, elle le serra.

– Tu en as une tête ! Tu travailles trop, mon garçon !

Il ne prit pas la peine de démentir.

Soudain, sans sommation, sa crise commença. Une fois. Très fort. Deux fois, encore plus fort. Trois fois. Enorme. Dix fois. Vingt fois. Juré.

Quand sa grand-mère éternuait, c'était en rafales et par déflagrations.

– Tu m'offres à boire ? articula-t-il exagérément.

– Quoi ?

– Tu m'offres quelque chose à boire ?

– Comment ?

Il mima sa question, pouce insistant devant sa bouche ouverte, visiblement, elle n'était pas encore équipée, c'était une chance qu'elle ait aperçu sa silhouette cognant à contre-jour.

Un verre de Coca à la main, il se plongea dans la collection de *Télé 7 jours* depuis sa création, admira les unes comme des diapos du passé, revit avec émotion cette speakerine au teint diaphane dont, gamin, il buvait les programmes avec une émotion qui lui tendait le corps.

David passa au numéro suivant, constata que le plus grand désordre régnait dans la progression chronologique, il venait de passer de Jacqueline Joubert à Nolwenn, il poursuivit et resta bloqué sur une une.

La photo qu'il contemplait à présent était à la fois exactement d'actualité et, de fait, atrocement obsolète. Il venait de tomber sur le beau visage de France Dubois.

Le problème d'Alexandra, dénoncé par les autres, admis par elle-même, c'étaient ses retards. Systématiques, parfois scandaleux.

Certes, elle s'en sortait. Laissait son charme raconter des histoires. Restait le problème. Cette clé que nul ne semblait soupçonner. Etre en retard comme on est désiré, l'épicentre des pensées de l'autre. Alexandra compensait avec obstination de ne pas avoir été attendue par ses parents.

Elle mesura les dégâts en jetant un coup d'œil à la grosse horloge étanche ventousée sur les parois de sa douche giflées de gouttes.

Damned! Moins le quart. Dans vingt minutes, elle était censée arriver à son boulot à l'autre bout de Paris. Elle alourdit l'addition pour cause de pluie. Elle sauta dans un jean puis dans un taxi, elle se maquillerait pendant le trajet. Ce matin, il y avait réunion de programmation.

– Vous pouvez mettre un peu plus fort, s'il vous plaît ?

Le chauffeur accéda à son sourire. La présentatrice débitait les titres de l'actualité d'une voix monocorde, la mort de l'ensemble du gouvernement dans un accident d'avion n'aurait en rien emballé son ton. Elle ne restituait des compulsions planétaires qu'une compilation de raccourcis télégraphiques désossés de toute chair. En parler, en somme, sans avoir l'air d'y toucher. Alexandra ne pouvait entendre un flash à la radio sans repenser à l'un de ses amis journaliste qui avait appris la mort de son père sur un téléscripteur. Il débutait dans le métier, préparait son bulletin horaire, découpait les dépêches qui arrivaient à l'époque en crépitant dans une version papier, on n'avait pas encore plongé dans l'ère informatique. Alerté par la sonnerie d'un urgent, il s'était levé, avait consulté la nouvelle et crié. Son père, maire d'une commune, venait de mourir. Il en garderait à vie la notion de l'information.

La jeune femme revint au présent, des infos, à la radio, dans un taxi, par temps de pluie.

« Etat de santé stationnaire pour France Dubois. Les médecins réservent toujours leur pronostic. La présentatrice météo de La Première a été agressée au cutter hier soir alors qu'elle sortait du siège de la chaîne à Boulogne. Son ou ses agresseurs courent toujours... (remontée musicale)... Les valeurs françaises ouvrent à la baisse, pardon, à la hausse à la Bourse de Paris... »

– Tu passeras dans mon bureau, hurla Chardonne dans le casque.

Alexandra n'écoutait plus, elle s'était figée, le regard posé sur le gris qui défilait. Elle venait de recevoir l'information comme un coup ; longtemps après, elle le pressentait, elle se souviendrait du moment où elle avait appris la nouvelle. Pour la mort de Coluche, elle faisait la queue pour entrer au cinéma, les gens ne parlaient que de ça. Pour celle de Gainsbourg, elle avait encore dans l'oreille la voix en pleurs au téléphone de son petit ami de l'époque.

France Dubois ! Plutôt sympa, cette longue fille à la peau claire qu'elle croisait parfois au restaurant d'entreprise. Tiens, hier, non, avant-hier, elle s'était retrouvée à sa table !

France Dubois, agressée ! En danger de mort ! Elle l'imaginait clouée sur un lit d'hôpital et elle n'en revenait pas.

Elle accrocha le regard du chauffeur dans le rétroviseur. Le sien était inquiet.

— Vous mettez le turbo ?

Du bout de la rue, elle sentit l'effervescence. Les forces de l'ordre filtraient le passage. Elle fit parler son badge et courut. Les portes automatiques s'ouvrirent sur une foule compacte et silencieuse. Le président s'adressait au personnel de la chaîne.

— Quelle tête il avait ?

David avait demandé sans calculer, simplement pris dans le récit de la journée d'Alexandra. Parfois, il oubliait qu'ils exerçaient le même métier dans des médias potentiellement concurrents. L'amitié pouvait en prendre un sacré coup. Alexandra eut l'intelligence de répondre sans hésiter. De toute façon, elle ne dirait que ce qu'elle avait décidé, normal.

– Pour une fois, il était assez digne. Comme si le drame faisait enfin l'homme. Il n'en a pas rajouté.

David remballa les autres questions qui pourtant le brûlaient. Il préféra se concentrer sur le programme de leur soirée.

– Une toile ?

Alexandra lui jeta le titre d'un film en retour. Pile poil celui qu'il avait envie de voir. Pour l'instant, tout allait bien.

Le vieillard est englué dans son fauteuil. Il suinte le laisser-aller. Son débardeur qui peluche porte les taches de ses énervements. A travers les loupes de ses verres hublots, il regarde la télé. Il vit avec. Se dispute, vieille comparse. L'injurie avec jubilation. Il ne la supporte ni ne peut vivre sans. Il la flingue quand il veut. A bout portant, de sa télécommande.

Ce soir, il est inconstant. Papillonne, pour ne pas louper. France Dubois. Belle balafre. Toujours entre la vie et la mort. Il zappe. « ... le drame de France Dubois... pourra-t-elle un jour refaire de la télé ? »

Il tente un rire et finit étouffé. Il parvient à articuler :

25

— Je t'avais bien dit que tu étais mal habillée. Tout ça est ta faute.

Ils font et défont le monde, se passent les plats avec automatisme.

Autour de la grande table, seuls admis au festin planétaire, les chefs de service participent d'un ton désabusé à la tournée des mots clés.

Politique. Economie. Etranger. Infos Géné. Sports. Culture (toujours en dernier, pauvre dessert). Une hiérarchie inaltérable, toujours la même histoire, comme si le contexte ne comptait pas, pas davantage l'instant ou le temps qu'il fait.

Leur traitement de l'actualité se veut technicien, état des lieux sans états d'âme. Ils décident d'ouvrir le journal sur le calamiteux bilan des morts de la route, quelle audace !

Invitée en studio, la déléguée interministérielle à la Sécurité routière, elle tirera assurément la sonnette d'alarme (dernière ligne droite de la tolérance gouvernementale). Reportage chez les grands brûlés, tchin tchin. On aura naturellement recueilli la réaction de la figure emblématique du dossier : la femme qui a perdu ses deux petites filles victimes d'un chauffard imbibé et qui, depuis, se bat sans relâche pour cette cause nationale.

Du haut de sa douleur, comment pourrait-elle avoir tort ?

Aujourd'hui, David subit leurs clichés avec passivité. Il arrive qu'il manque d'énergie pour secouer le cocotier.

Sa vie privée vaut bien leur monde balisé. Son esprit s'évapore dans un coton mélancolique, la faute à hier soir.

Il se sait toujours atteint, amoureux d'Alexandra, ça ne s'arrange pas. Il sait aussi que parfois, la voir est une souffrance. Un plaisir mais une souffrance. Elle ne le prend pas au sérieux, l'aime en petite sœur et exclut l'inceste. Il la veut tout le temps, des années que ça dure. Il a trouvé son double. Pâles figures, toutes les autres. La gémellité qu'il ressent cannibalise l'espace.

Devenu soudain l'épicentre des regards, David revient sur terre.

– Oh toi, tu n'as pas fait que dormir, cette nuit... ! (éclat de rire collectif venu souligner l'esprit du directeur de la rédaction)... Divarovitch, je répète donc ma question : Où en est-on dans l'enquête Dubois ?

Cette façon qu'ils ont de réduire les drames les plus douloureux à de secs intitulés...

– La police patauge. Le seul témoin parle d'un manteau de fourrure.

– Et France Dubois ?

– Elle vivra.

Le chef d'orchestre de l'info se tourne alors vers la spécialiste médicale pour un encadré sur la carotide.

David respire. Il vient de passer entre les gouttes, pas d'exigence éditoriale affligeante en vue.

Il va pouvoir explorer sa piste seul, sans pression.

Une jumelle. Merci, grand-mère. Merci pour ta collection de *Télé 7 jours*. On devrait lire plus souvent les magazines de programmes, de mots fléchés et de potins télé pour leurs trésors insoupçonnés.

En arrivant devant l'immeuble dont il a simplement trouvé l'adresse sur le Minitel, David repense à sa découverte étalée sur deux pages aux photos aux couleurs dégoulinantes : « Exclusif *Télé 7 jours*. Le voyage de France Dubois à New York. »

Du bonheur capturé en quelques clichés dont les légendes décrivent un monde merveilleux. Sur l'un de ces instantanés, à côté de la vedette, une réplique inconnue. Une jumelle. Aux cheveux retenus par un foulard, seule variante.

David sourit à la caméra de surveillance et imagine un instant le visage taillé de France Dubois. Des lignes boursouflées, visibles comme le nez au milieu de la figure, à vie.

La jeune femme qui lui ouvre la porte à présent est le vestige de la France d'avant.

– Entrez, je vous en prie !

Une photo, posée sur un guéridon dans l'entrée, lui

28

saute au visage. Deux doubles. Laquelle est France ? Il ne parierait pas. Sa jumelle vient de lui parler.

– Que puis-je faire pour vous ?

Elle le fixe d'une expression dont la neutralité le surprend. Sa sœur jumelle vient d'échapper à la mort et elle offre un visage étal. Il s'interdit de la juger. Sait-on jamais comment on réagit aux coups durs ?

– Avez-vous pu voir France, comment va-t-elle ?

– Je n'ai pas parlé à ma sœur depuis quatre ans.

– Je peux vous demander pourquoi ?

– Vous pouvez.

Puis elle se tait. David opte pour une tangente, il a tout son temps.

– Vous m'offririez un verre d'eau ?

– Oui, bien sûr, pardonnez-moi. Vous ne préférez pas une bière ou un café ?

– D'accord pour un café.

A peine la porte de sa voiture de reportage claquée, David rembobina mais n'eut pas la patience d'attendre le début de la bande. Il enclencha la lecture au milieu de l'incroyable récit, simple contrôle.

Il respira. Tout avait fonctionné. La voix grave d'Eve Dubois résonnait comme elle venait de le faire quelques minutes plus tôt en direct.

Elle lui racontait ce jour où sa vie s'était retrouvée amputée d'une partie d'elle-même.

Arrivé chez lui, il se délesta du Nagra avec le soulagement d'une fille qui enlève ses collants au terme
d'une longue soirée. Fallait qu'il débriefe. Il attrapa
son casque, ses gants, ses lunettes et contempla le ciel
à travers le vasistas.

Septembre pourri, la pluie pointait. Il se plongea
dans le placard de la cuisine et en sortit un sac-
poubelle. Il n'avait plus l'âge de porter des K-way.

Il la laisse aller où elle veut.

C'est la moto qui conduit, le phare avant déchire
la nuit.

Ça monte. rue Oberkampf.

Il trace. Des deux côtés de la rue, les gens débordant
des bars forment une haie d'honneur sur son passage.

Le feu d'en face passe à l'orange, il enclenche la
première du pied gauche et laisse son esprit carburer.

Il pense aux deux visages désormais dyslexiques des
jumelles, à leurs vies encastrées jusqu'à l'âge des choix,
jusqu'à la lézarde.

En guise de métier, France décida de passer à la télé.
Là était le pouvoir, disait-elle, et donc la liberté.

Jamais Eve ne l'accepta. Elle était l'aînée par ordre
d'apparition au monde. Pour elle, la liberté s'inscrivait
dans la résistance, c'était un leurre de prétendre résister
de l'intérieur, le pouvoir finissait par pourrir, elle ne
connaissait pas de contre-exemple.

30

Elles en débattirent de longues nuits, sans se convaincre. Cela tenait de l'intenable. Elles se donnèrent rendez-vous plus tard. Dans l'attente d'une possible reconnection.

Tiens, il est à Pigalle, il ne s'est rendu compte de rien.

Place Blanche, les néons des pubs criardes l'agressent, du mauvais Time Square. Devant le Moulin Rouge, une question clignote comme les enseignes des sex-shops d'en face : Eve Dubois a-t-elle agressé France Dubois au cutter ? Soudain, l'obstacle. Une voiture vient de déboîter. Ça va être juste. David se cambre et joue des hanches. C'est passé. Il est en sueur. Les premières gouttes. Tant pis, il sera mouillé. Là, tout de suite, il ne s'envisage pas vêtu d'un sac-poubelle.

Plus de cuiller en plastique dans la machine. Le genre de détail qui l'exaspère plus qu'elle ne le souhaiterait. Alexandra remue son café d'un Bic dégoûté puis entreprend son travail de fourmi.

Le matin, elle se fait petite main, découpe des articles, des petits échos dans les journaux. Elle tient dossier des reportages qu'elle effectuera, un jour.

Pour l'instant, elle fait ses classes, se contente de raconter par procuration, pose ses mots sur le regard des autres, commente depuis sa cabine des images achetées par sa chaîne dans un grand supermarché qui inonde les rédactions sur abonnement.

Elle ouvre son tiroir, tombe sur la paire de ciseaux et reçoit de plein fouet son rêve de la nuit : elle regardait France Dubois présenter la météo à la télé, le visage de la jeune femme était en sang, insoutenable.

Elle pousse un cri et fait un bond sur sa chaise. Une main vient de se poser sur son épaule. De dos, elle reconnaît la voix de son voisin de bureau.

– Alors, on ne dit plus bonjour le matin ?

Elle se retourne et considère le jeune homme impeccable, costume de bonne facture sur chemise blanche chiffonnée à escient. Comme chaque matin, il s'est aspergé d'assurance.

– Le matin, le soir, je dis bonjour quand je le sens.

– Et ce soir, à l'heure du dîner, tu le sentirais ?

– Non, ce soir, je ne sors pas, je dors.

Alexandra tourne définitivement le dos à la proposition et replonge dans son obsession. Pourquoi l'agression de France Dubois, qu'elle connaissait à peine, la trouble-t-elle autant ? Elle décroche son téléphone et compose un numéro intérieur.

– Anna, c'est Alex, je peux passer te voir ?

Immédiatement, la souffrance de son amie lui apparut en relief. Le visage d'Anna était rouge vif comme si la peau, de protection, avait viré au révélateur. Anna était visiblement en crise, mal dans sa vie au point de suinter le désespoir par tous les pores.

Alexandra choisit de ne rien laisser paraître. Elle compatit intérieurement à cette blessure que la jeune femme devait, en plus, assumer ouvertement, là était probablement le pire. Elle appuya simplement un peu plus ses bisous.

— Tu as le temps de prendre un café ?

— Allons-y, de toute façon, aux jeux, ils sont loin d'être prêts, il est beaucoup trop tôt.

— Alors pourquoi n'arrives-tu pas plus tard ?

— Je viens lire les journaux, ça me donne l'illusion d'être encore citoyenne de ce monde.

Anna venait de quitter les magazines, où son authenticité était régulièrement mise à mal, pour les divertissements. Elle ressentait toutes les compromissions auxquelles elle assistait comme une agression personnelle. Elle ne supportait plus les thèmes racoleurs des reportages qu'elle était chargée de préparer. Elle soupçonnait même ses supérieurs d'être authentiquement convaincus d'être dans le vrai.

Avant de finir totalement bousillée, elle avait accepté un poste plus anecdotique, mieux valait encore le léger que l'obscène.

— Comment ça se passe, aux jeux ?

— Ça se passe.

Elles firent jouer leurs badges avec un synchronisme inquiétant. Tout était ainsi à La Première, il s'agissait sans cesse de se voir rappeler son appartenance à l'entreprise.

Pour entrer, badger. Pour téléphoner, badger. Pour boire, badger. Dans ce simple geste, tellement de traces. Aucun embarras gastrique ne devait échapper à Big Brother, *fast fucker*.

— T'es au courant pour le casting ?

— Quel casting ?

— A la météo, ils cherchent la perle rare pour remplacer France Dubois.

Alexandra se redressa sur sa chaise, preuve que son attention n'était plus distraite par la table voisine où une animatrice s'affichait à la fraîche avec un stagiaire imberbe, sa façon à elle de rester simple, ou bien la preuve pathétique que la célébrité isole au point de sauter parfois sur toute occasion compulsive, c'était l'un des deux.

— Pas simple ! reprit Anna à qui l'intérêt manifeste d'Alexandra n'avait pas échappé.

Elle enchaîna avec la jubilation de ceux qui savent et ne vont pas tarder à dire.

— Il faut quelqu'une légèrement plus jeune, mais qui n'éclipse pas France trop brutalement. Faudra voir combien de temps durera la décence, à mon avis, ça se terminera comme toujours avec une 90.10.

Alexandra fronça les sourcils comme quand elle était petite.

— Ben oui. 90 de poitrine, 10 de QI !

Alexandra trouva qu'Anna caricaturait mais, en même temps, lui revint un épisode consternant qui datait de l'avant-veille.

Elle avait pris la parole en réunion de programmation pour proposer un débat sur l'avortement. Elle avait bien bossé son dossier, suggérait des portraits de jeunes femmes en désespérance partant à l'étranger dépenser leurs maigres économies dans un geste définitif que leurs rêves d'enfants n'avaient pas vu venir.

– Elles n'ont qu'à faire attention ! avait tranché Fauré, le patron de La Première, apparemment bien remis du choc France Dubois.

Alexandra se demandait s'il n'avait pas ajouté « les salopes ! », mais n'en était plus tout à fait certaine. De toute façon, c'était compris dans le ton.

L'homme qui dirigeait la première chaîne de télévision européenne balayait en deux secondes de pur mépris une somme de souffrances qui avaient comme défaut rédhibitoire d'être féminines.

Alexandra avait encaissé en silence pour ne pas compromettre sa future revanche, un jour. Elle avait le temps, elle.

Elle revint à Anna qui lui indiquait une direction d'un coup de menton. Effectivement, la scène valait d'être vue : l'animatrice sortait du restaurant d'entreprise, la main propriétaire posée sur la fesse gauche de son bellâtre imberbe.

Comme souvent, Alexandra se demanda comment

on pouvait avoir aussi peu de dignité. Elle claqua deux bises sur les joues en feu d'Anna et lui promit un prochain déjeuner.

Revenue à son bureau, elle n'aima pas son vague à l'âme et composa le numéro de David. Elle n'obtint que sa messagerie.

Il avait rêvé d'elle et n'aimait pas ça. Il s'interrogea sur la signification de cette étreinte virtuelle puis renonça. Les rêves ne veulent pas forcément dire quelque chose, sinon autant installer une imprimante.

David repensa à cette manie qu'il eut, un temps, d'appeler les personnes qui avaient virtuellement habité ses nuits pour le leur dire. Pourquoi ne pas les prévenir, après tout, ils n'étaient que des visiteurs involontaires...

Mais visiblement, ça ne se faisait pas. En écho, il n'avait rencontré que de la gêne, des rires résonnant d'artificiel, non, vraiment, l'expérience s'était soldée par un désagréable échec. Peut-être en avait-il trop attendu, espérant secrètement une soudaine réciprocité.

Il traîna sa contrariété toute la journée, chargea sa messagerie de répondre à sa place.

Le soir venu, il en était toujours au même point, entre attirance et résistance. Debout sur sa terrasse face à la ville désormais allumée, il composa le numéro qui

Merci de votre attention

l'avait obsédé toute la journée. Tellement de claques
déjà et aucune solution de rechange, essayer encore.

Il se figea, le portable coincé entre son épaule et la
tête penchée.

– Eve Dubois ?

Elle avait décroché immédiatement, laissant à peine
la sonnerie s'installer, dans un geste qu'il devina nerveux.

– Aux dernières nouvelles, oui.

Ce ton naturellement narquois, il sut qu'il aimait
ça.

– Bonjour, c'est David Divarovitch.

– Je sais, j'ai rêvé de vous cette nuit.

La violence du coup de poignard le força à s'asseoir
à même le sol.

– Ah oui ? Pardon de m'incruster...

Il gagnait du temps, lutta pour retenir ce « moi
aussi » qui cognait dans son cerveau et pas seulement.

– Que puis-je faire pour vous ?

C'était décidément sa phrase fétiche, il n'aima pas
qu'elle passe en douce à autre chose, mais il savait que
le moment était venu qu'il se fasse violence. Il sut aussi
qu'il se détesterait excessivement s'il ne le faisait pas.

– Accepter de me voir.

Plus de salive, un désert abruti de soleil dans sa
gorge.

– Quand ?

– Maintenant.

– D'accord, je vous attends.

Personne pour apercevoir la danse de remerciement de David au ciel, aux éléments, et ce n'était pas dommage.

J'aurais dû me changer. J'aurais dû me raser. Me parfumer, je ne sais pas, moi.

Il roulait avec souplesse dans les rues étonnamment fluides, l'évidence sur sa lancée.

Il s'accrocha aux signes extérieurs de légèreté, pensa que ce n'était pas le moment de penser.

Il sourit aux enseignes jetées sur son chemin. Pizza La Mandoline. Restaurant Comme chez vous.

Arrivé au Relais du Nord, il sut qu'il approchait de la gare. Est en vue. Il chassa l'image d'Eve Dubois qui venait de se superposer sur la chaussée, sa fragilité fricotait souvent avec la superstition.

Le visage d'Alexandra, immiscé en douce, ne lui convint pas davantage.

Il accéléra nerveusement et doubla par la gauche un 4 × 4 qui lui polluait le paysage. Un autre motard venait d'avoir la même impulsion en sens inverse, il s'offrit une frayeur. Il réalisa qu'il avait peur. Ça risquait de ne pas s'arranger, il arrivait.

Le U métallique installé, il fit respirer ses cheveux qu'il ébouriffa par réflexe. Décidément, il détestait cette caméra de surveillance.

Elle ouvrait, resplendissante.

Il réalisa que son rêve voulait dire quelque chose.

– Vous entrez ou vous préférez que nous restions sur le palier ?

Il parvient à sourire. Il la suit dans le couloir interminable et se force à inspirer par le ventre. Elle se retourne lentement, il rejoint sa silhouette à contre-jour. Il est devant elle, à présent.

Ils s'embrassent.

C'est un son qui l'a sorti de son sommeil. On parlait, elle parlait.

David songea à un nouveau rêve. Il déverrouilla une paupière, ne reconnut rien et réalisa.

Il n'en revenait pas. Il se sentit heureux, d'un seul coup, comme aspergé de bonheur. Il se souleva sur un coude et la considéra. Elle rêvait à voix haute, où était-elle passée ?

Il sourit, la but encore, descendit doucement le drap, pour ses souvenirs. Il y passa du temps qu'un coup d'œil sur le cadran numérique du radio-réveil vint briser.

Nu, il se dirige vers la cuisine et reconstitue sa tenue éparpillée.

Il regarde encore une fois la dormeuse dans la douce lumière, décidément, la grâce attire la grâce ; il pose un morceau de papier chiffonné sur le lit, se fait plume quand il part.

Debout au zinc en bas de chez elle, il commande un café et, d'une cuiller lente, bercé par les conversations ambiantes, remue les événements de la nuit.

Il s'arrête de tourner. Le patron est en train de commenter une nouvelle agression.

En bras de chemise, un cigare nauséabond vissé entre les dents, James Chardonne a pris le commandement des opérations.

Il envoie ses fourmis au turbin, et que ça saute !

Avoir la certitude de faire l'opinion le plonge dans un intense sentiment de jubilation.

Mercier est prié de se tenir prêt pour une nécro qui tirera les larmes à tire-larigot.

Rossi a été réveillé dans la nuit, Chardonne s'est personnellement chargé des aboiements, le vautour campe devant le domicile des parents, il travaille déjà la mère au corps.

Un micro, avec au bout un reporter, est parti fouiner dans les locaux de Télé Lolo, la télé qui en a.

Le service promo de Votre Radio est chargé de matraquer à l'antenne le numéro du Téléphone Donne, la ligne qui récompense les délateurs. Prévenez, vous serez payés. Balancez-nous votre info, nous nous occupons du reste. Les médecins appellent en masse, aux premières loges des célébrités subclaquantes.

La prime du Téléphone Donne si souvent leur

revient. Et pas l'ombre d'une gerbe de compassion sur les tombes.

Ses garnisons organisées, Chardonne se sentit d'une énergie débordante. Les drames, ça le faisait bander. Justement, déboulait la nouvelle stagiaire du service société. Il la détourna vers son bureau.

Paris s'étalait derrière lui. En sécurité à contre-jour, il la contemplait depuis son fauteuil d'important, tétant son gros cigare ramolli.

Elle était à point, pile comme il les voulait. Blonde, bimbo, baisable. L'ordinaire lui fournissait le plus souvent des décolorées, siliconées, mal baisées, il en savait quelque chose, la petite qui lui faisait face rehaussait ces standards de sa chair fraîche.

Il immisça sa pensée dans son soutien-gorge puis s'imagina la prenant violemment. Il l'appela à lui, descendit sa braguette, sans un mot.

Apparemment, sa réputation avait passé la rampe. Déjà, la consciencieuse s'agenouillait.

Il l'aime, cette pluie. Le ciel se déchire, c'est la moindre des choses. Son sac-poubelle peut dormir tranquille, il se veut trempé. L'eau fait mousser ses sentiments.

Il repense à cette pub où un homme s'offre un entrechat d'allégresse en sortant de chez son aimée, il avait trouvé l'image crétine. Si ça se trouve, le bonheur rend crétin.

Sa pensée tire des bords, pas prudent à deux roues. Une nouvelle victime. En se ruant hors du café, il avait branché son portable en même temps qu'il courait vers sa moto. Les messages débordants de sa rédaction lui avaient reconstitué comme un puzzle l'agression de la nuit. Sonia Stem. Chroniqueuse à Télé Lolo. Attaquée en bas de chez elle. Au cutter. Visage outragé. Pas de témoin.

« Tu te rends compte ! » La voix saturée d'Alexandra lui commentait les faits, en appels intercalés. Il ne lui avait jamais entendu ce ton, il ne s'en était jamais senti aussi proche.

Arrêté à un feu, il ôta son intégral, sortit son téléphone qu'il protégea sous son blouson et appela sa rédaction. C'est Divarovitch, j'arrive !

Trop de questions dans sa tête. Il aime les énigmes humaines mais l'une après l'autre. Alexandra, pourquoi est-elle tellement touchée par ces affaires d'agression ? Certes, la proximité et la possible identification constituent de sérieux motifs pour un chamboulement carabiné mais n'était-ce pas autre chose qu'il ne parvenait pas à désigner ?

Il était perplexe face à ses propres ressentis, parfois extralucides, parfois totalement à côté de la plaque, science inexacte. Mais quand même ! Jamais il n'avait vu Alexandra aussi concernée, elle qui ne faisait que survoler sa propre vie.

Et Eve ? Pourquoi avait-elle eu envie de lui ? Un moment de solitude sans doute, un pourquoi pas posé là. Il se jura de ne pas espérer davantage, s'en tenir au joli souvenir de la nuit.

Finalement, la pluie devient pesante. David peste devant ces automobilistes consternants, leurs égarements, leurs portières sur sa route, leurs portables obsessionnels. Il trime à éviter les pièges, tente de ne pas alourdir son retard. Il n'aime pas laisser au rédacteur en chef le soin d'orienter ses reportages, se méfie de ses a priori.

Mais il se sait en débit. La concurrence de Rossi, son témoignage exclusif de la mère de France Dubois, a fait le jeu des narquois. France Dubois lui a fait perdre des points. Il sourit en pensant que personne ne saura combien, depuis, il s'est rattrapé dans la famille.

Et, de fil en aiguille, chemin mouillé faisant, David réalise et la révélation l'illumine : la nuit dernière, Eve Dubois avait un sérieux alibi.

La rédaction, comme une ruche, somme d'individus au service de l'information. Le boss lui parle sans le voir.

– Divarovitch, tu files à Télé Lolo. Tu y restes le

temps qu'il faut. Ambiance, témoignages, potins, tu prends tout ce qui passe. Et tu me tricotes un portrait de Sonia Stem pour le 13 heures. La voiture HF est déjà sur place. Allez, file ! Tu m'expliqueras plus tard pourquoi tu étais injoignable toute la nuit. Tu sais, rien n'est jamais acquis dans ce métier.

David attrape son Nagra, vérifications d'usage, test des piles, réserves de bandes, essais micro : « Paris Bordeaux Le Mans, Sonia Stem, Télé Lolo. »

En montant dans la voiture siglée, lui revient une conversation passée avec Alexandra. Elle disait que jamais elle n'apparaîtrait sur Télé Lolo, ou alors en col roulé.

Le vieillard se sent d'humeur joyeuse. Il sort une chemise propre de son placard, il ne s'est pas lavé mais tant pis, pas le temps, il l'enfile et s'installe devant la télé. La nuit a été courte. Cette pensée lui déclenche une franche hilarité, il finit par en baver. L'écran s'allume sur une photo de Sonia Stem.

– T'es bien avancée, maintenant, salope !

Il s'extrait péniblement de son fauteuil, se retient de ne pas cracher sur l'écran, préfère passer sa rage sur l'un de ses chats qu'il envoie valdinguer d'un violent coup de pied.

Il se poste dans l'embrasure de la fenêtre, saisit sa paire de jumelles et la braque sur la voisine d'en face.

44

Elle dort encore, la souillon. Aimanté par son obsession, il revient devant l'écran. Sonia Stem est vivante,
l'enquête cafouille. Il feuillette son magazine télé à la
recherche de la prochaine victime.

Si elle le pouvait, Alexandra appuierait personnellement sur l'accélérateur. Elle se sent irritée par
le cadreur reconverti chauffeur qui lambine en sifflotant un air de *Notre-Dame-de-Paris*. Une fille
vient d'être défigurée et il braille : « Belle... », elle
le fusille du regard. Visiblement, les éléments sont
hostiles. Pour son premier reportage, elle a décroché
le cocotier. Elle détourne le regard vers l'extérieur,
s'isole.

En y repensant, sa propre audace la liquéfie. Sonia
Stem. Agressée. Comme France Dubois. Deux, c'est
déjà une série. La direction de La Première, crucifiée
sur place. On lui vole son fait divers, on la dépossède
de son malheur. Les projecteurs sont en train de se
détourner vers du sang plus frais, vers du plus nouveau,
vers Télé Lolo.

— Ce soir, a tonné Fauré, couverture minimum sur
la nouvelle agression au 20 heures, nous allons reprendre la main en diffusant la première interview de
France Dubois sur son lit d'hôpital.

Intervention extérieure :

— Mais elle peut à peine parler !

Le patron :

– Eh bien, nous sous-titrerons !

Et d'ajouter :

– Pour Sonia Stem, nous nous contenterons d'un extrait de la conférence de presse à Télé Lolo.

– Je veux y aller ! avait lancé Alexandra, le regard incendiaire.

Le patron l'avait toisée, il tenait son demain entre ses mains. Et il ne se priva pas de le lui faire remarquer, il n'y a que des preuves de pouvoir.

– OK. Je vous offre une chance. À vous de la saisir !

Les quais saturent. Moins le quart. L'excitation d'Alexandra s'empale sur la voiture de devant. Elle pense que David ne l'a pas rappelée. Elle contemple cette somme d'inhabituel qui s'abat sur elle, considère ce temps qui souvent semble ne servir à rien et d'un seul coup s'emballe.

Le bâtiment de verre apparaît enfin au loin, il en impose. Son cœur se serre, elle sait que son rêve est à l'intérieur.

– J'espère qu'on va croiser Miss Météo, putain, qu'est-ce qu'elle est bonne ! lance le cadreur, sans que la perspective n'aille tout de même jusqu'à affoler les gestes.

Il sort lentement de la voiture, se penche pour refaire son lacet, ouvre le coffre en sifflotant un refrain d'Alizée, « Moi, Lolita », jure en constatant qu'il a oublié un câble. Alexandra est déjà en train de courir.

D'entrée, David se dirige vers la technique. Il sait que c'est là que ça se passe. Les projecteurs rendent taiseux, il choisit l'arrière-cour.

Il entre en catimini dans une régie qui attend un direct, se fait petit quand défile le générique de fin d'un film.

— Pub et infos dans deux minutes !

Une grande, la boule à zéro et le nombril percé, a hurlé la consigne comme s'il y avait danger imminent. (Même ma grand-mère aurait entendu, se dit David.)

— Pas de cigarette quand je travaille ! intime le réalisateur fraîchement sevré de tabac.

Le piercing s'affole.

— 20 secondes !

Une tension imperceptible fige les regards braqués sur les écrans de contrôle.

— 10 secondes !

— Fermez-moi cette porte !

— 5... 4... 3...

David s'est toujours demandé pourquoi les dernières secondes n'étaient jamais égrenées, superstition ?

— Top !

Le visage d'ange apparaît à l'écran. A peine débarrassé de ses couches-culottes, il va dire le monde.

— Tout de suite, des nouvelles de Sonia Stem...

— Incruste diapo, resserre !

– ... Notre amie Sonia a été agressée la nuit dernière en bas de chez elle dans le XIXe arrondissement de Paris... Il était deux heures du matin, elle rentrait d'une soirée quand un inconnu s'est engouffré derrière elle, l'a plaquée contre un mur et lui a tailladé le visage, apparemment avec un cutter... Les faits semblent similaires à l'agression, il y a quelques jours, de notre consœur de La Première, France Dubois...

David frissonne, recroquevillé dans un coin. Il revoit Eve, a envie, il le sent bien, d'avoir encore envie d'elle.

– ... Sonia est très choquée, elle ne doit sans doute d'avoir la vie sauve qu'à l'arrivée d'un voisin dans l'immeuble. Le témoin est toujours interrogé par la police... Je vous propose maintenant de revoir notre amie, votre amie Sonia dont vous appréciez les chroniques sur l'air du temps, chaque jour dans l'émission « Ça le fait grave ! »

– Top magnéto !

Un éclat de rire retentit en régie. Le visage en gros plan de Sonia Stem se démultiplie sur les écrans de contrôle, voix aiguë sur seins saillants à peine retenus par un petit haut minimaliste. On sent qu'elle met du sien à séduire. Elle respire la vie, inspire l'envie. Elle est jeune, belle, sans souci, sans cesse sollicitée, c'est induit. C'était.

Le sujet suivant montre une femme afghane refusant toujours d'enlever son tchadri. Déjà, l'intérêt a baissé d'un cran en régie.

Dans la grande salle de cinéma aux fauteuils de cuir moelleux, l'état-major de Télé Lolo fait face à la presse. L'heure n'est pas à la gaudriole, on sait aussi avoir l'air grave dans la chaîne des *beautiful people*. Un temps pour la déconne, un temps pour le drame.

Alexandra s'est installée aux premières loges, elle prend des notes, consciencieuse. Elle sent ce trac la ronger à l'intérieur, s'en veut, évidemment.

Le patron de Télé Lolo a pris la parole pour dire l'émotion de tout le personnel, il parle, cerné de photos de Sonia Stem dont les charmes manifestes contrastent sensiblement avec l'abattement généralisé.

La victime se voit gratifiée d'un portrait élogieux, que n'a-t-on donné une autre occupation à une jeune femme mélange de Miss Monde et de mère Teresa !

Le responsable termine, la voix cassée. Il suggère des questions dans la salle. Temps mort. Se faufiler, c'est le moment ! Alexandra lève la main, attend le micro d'une hôtesse visiblement trop apprêtée pour la pénible circonstance.

– Alexandra Sadoul, Télé Première. Pensez-vous qu'il y ait un lien entre les agressions de Sonia Stem et de France Dubois, à votre connaissance, se connaissaient-elles (elle se giflerait pour la répétition, trop tard), avaient-elles des points communs, Sonia Stem se connaissait-elle des ennemis connus (encore, mais c'est pas vrai !), s'agit-il selon vous de l'œuvre d'un maniaque, quels sont les éléments dont vous disposez ?

Elle en a terminé, cherche son souffle, perçoit une ironie dans l'assistance sur laquelle rebondit le patron de Télé Lolo.

– Eh bien, nous allons commencer par la première question...

Dans le fond de la salle, David se sent submergé d'une immense tendresse.

– Dis-moi la vérité !

David se lève, ferme les yeux, tend le bras droit devant lui, jure.

– Je le jure !

Il dédramatise, désamorce la gravité, sent l'instant important.

Elle n'est pas dupe.

– David ! C'est du sérieux ! Il n'y a qu'à toi que je peux le demander, est-ce que j'ai été ridicule, dis-le-moi !

Trouver les mots, les justes, pas pompeux, pas boiteux, ne pas répondre ce qu'Alexandra a envie d'entendre, ne pas davantage de la situation tirer avantage.

Il se rassoit et ressort de sa mémoire un souvenir endolori.

– C'était un de mes premiers reportages, j'étais un chien fou. J'aurais gobé le monde tout cru. J'avais proposé de passer une semaine avec des prostituées, un reportage vérité, une plongée dans leur quotidien. Ils en avaient tous rigolé, à la rédaction, sombré dans le scabreux. J'avais laissé dire en détestant ces connards qui salissent tout pour se donner un genre...

Alexandra boit son récit, il le sent mais ne veut surtout pas s'attarder sur ce visage concentré dont la beauté le sidère.

– ... Les premiers jours, je n'ai rien obtenu, les dames en avaient vu tellement d'autres, elles me baladaient. J'y passais mes nuits, à rôder dans leur sillage, à tenter de comprendre leurs codes. Si tu m'avais vu, un enfant dans les jupes de sa mère !

L'expression le surprend au moment où il la prononce. Il n'emploie jamais ce mot, n'a plus dit maman depuis trop longtemps.

– ... Le dernier jour, je parle à Katia, elle s'appelait Katia, je crois que je lui rappelais quelqu'un, un fils ou un amour. Elle me balance tout, son courage et sa détresse, elle parle, ne s'arrête plus de parler. Elle tient à ce magnéto qui tourne, le bichonne du regard. Elle veut que ça se sache, joue d'abord à cache-cache, se met en scène avant que ses propres mots ne la propulsent dans le vrai.

A la fin, j'en chiale et laisse couler.

Un temps.

Nous nous sommes serrés, je t'assure, Alexandra, jamais je n'ai ressenti une telle vérité. Je lui demande si elle est sûre, si je peux diffuser. Elle me dit que pour une fois, elle veut donner. Que ces choses-là ne se vendent pas.

Je rentre chez moi, sonné. Je dors d'un sommeil de plomb, tout habillé. Le lendemain, drame. Les piles m'avaient lâché, récit inaudible, juste un souffle.

Je ne leur ai pas dit, j'ai dit que c'était raté, qu'elles avaient refusé de me parler. J'ai affronté les regards jubilatoires, essuyé les sarcasmes. Je suis retourné à Rosny-sous-Bois tout l'été, c'était ma pénitence radio-guidage.

David s'interrompt, le regard incrusté dans le vague. Une petite voix referme la parenthèse.

— Tu ne m'as toujours pas dit si j'avais été ridicule...

— Tu as osé, Alexandra, l'important était là. Tu n'as pas fait comme on doit, comme ils disent qu'on doit faire. Tu as fait comme tu le sentais, en ça, tu ne seras jamais ridicule.

Il gobe un sushi pour ne pas s'attarder sur ce sourire qui le séduit même si pas fait pour ça. Son portable vient de sonner, il aurait dû le couper. Machinalement, parce qu'on répond à un portable qui sonne, il répond.

— Je me demandais si vous viendriez...

Elle ne s'est pas annoncée, sait qu'elle n'en a pas besoin. Il n'a que des mauvaises réponses, choisit malgré lui la plus implacable.

– Ne vous demandez plus, ce n'est pas possible.

Il la sent, au silence qui suit, décontenancée, délaissée. Parfois, c'est frappant comme on n'a pas le choix. Il se voudrait proche soudain mais l'oreille, même involontaire, d'Alexandra l'en empêche. Il dit qu'il la rappelle, sait qu'elle ne lui pardonnera pas.

Evidemment qu'Alexandra a capté la situation ! Il ne manquerait plus qu'ils ne se ressentent plus.

Elle reprend l'avantage, jure qu'au cas où il en aurait besoin, elle peut tout entendre.

Il ne le peut pas. Pas ça, Alexandra.

Il passe à autre chose, seule solution.

– Alexandra, j'ai une question importante à te poser.

Intriguée, elle a lâché l'autre prise, elle y reviendra.

– Oui, mon amour ?

Elle a dit ça par jeu, pour se moquer, du moment, d'eux, pour renouer avec la légèreté.

Il ne trouve pas ça drôle, pas du tout. Ne relève pas, ne se révèle pas pour autant. Il n'a pas l'énergie, ce soir, de flirter avec les lignes.

– Tu me dis, si je fais fausse route, tu promets ?

Elle promet, d'un mouvement de tête.

– J'ai l'impression que tu as été particulièrement marquée par l'agression de France Dubois. Je peux me tromper mais c'est comme si tu apparaissais totalement déstabilisée depuis...

Il tressaille intérieurement en prononçant le nom

de Dubois, lutte pour n'en rien paraître, repousse ce malaise qui prend ses aises.

– ... J'aimerais bien, si c'est le cas, que tu m'expliques pourquoi.

Sa phrase est sortie d'une traite, elle l'a brûlé, mais c'est fait. Faire face, ensuite, observer la balle qui revient. Tout seul, on ne fait rien. Le mur, c'est de la triche. Il a pensé à tout ça et pendant ce temps-là, a oublié de regarder Alexandra. Quand il revient à elle, il tombe sur l'inattendu d'un regard mouillé. Il s'en cognerait la tête contre le frigo platine qui illumine la cuisine. Pourquoi le lui a-t-il demandé ? Ce n'est pas vrai qu'on peut, qu'on doit tout dire, que des conneries pour gens largués, des recettes détachables à la Paulo Coelho.

C'est malin, le mal est enclenché et se dessine une impasse : comment la consoler en retenant ses gestes, son élan intact ?

Il l'a blessée et sait qu'il ne peut totalement la soigner.

Ce geste-là le touche. Il sait que restera le souvenir, l'instantané fuchsia, quand elle ne sera plus là. Cette vieille main noueuse cramponnée sur son avant-bras le bouleverse, le gonfle d'allégresse. Dans la rue, sa grand-mère bien arrimée, David ignore les regards tombés sur leur passage.

Ils se promènent du côté de la porte de Clignancourt, elle parle trop fort, il s'en fout, les petits enfants raconteront cette drôle de femme qui éternue et les pigeons qui s'envolent.

Soudain, elle s'arrête, le regard contrarié par une énormité.

– David ! Je t'ai déjà dit de les soigner !

(Mais de quoi veut-elle donc parler ?)

Il pense en vrac à ses ongles, ses phrases, ses envies.

– Tes chaussures doivent être impeccables en toutes circonstances.

Il sent se rapprocher le ghetto de Varsovie.

– Je ne vais pas t'infliger mon passé encore une fois...

« Ça vient. »

– ... Ton grand-père en était à son troisième trou de ceinture de perdu, moi, la famine me faisait gonfler. Au moins, ça nous tenait chaud la nuit, c'était toujours ça de gagné. Eh bien, crois-moi si tu veux, David, plus on avait faim, moins on le montrait. Chaque soir, je lavais, repassais, amidonnais avec obstination la chemise blanche de pépé...

Il entrevoit une lueur sous les hublots épais qui enserrent son visage, que ne lui raconte-t-elle pas son amour, plutôt.

– ... Et les chaussures, David !

Elle a réussi à élever la voix encore davantage.

– ... Je les lustrais à en avoir des crampes aux mains.

55

Mon petit, je te le répéterai jusqu'à mon dernier souffle, le respect se gagne beaucoup dans la propreté de ses chaussures.

– Tu l'avais rencontré comment, pépé ?

Elle marque son mécontentement, pour la forme.

– Tu veux bien qu'on rentre ? J'ai un peu froid…

David réchauffe son visage dans le fumet d'une tasse de thé, en ressort aveugle, ses verres embués. Sa vision revient sur sa grand-mère qui lui fait face. Elle lui a préparé un gâteau au fromage, il pourrait en engloutir des tonnes.

Il considère ce petit bout de femme à peine installée sur sa chaise comme dans la vie. Surtout ne pas déranger. Un immense amour l'envahit.

– Au début, je ne voulais pas de lui.

(Tiens, ça y est, elle me parle de pépé.)

Tant de choses dans le silence qui suit.

– C'était comme mon frère, tu comprends ? On s'était connus depuis toujours. Pépé, gamin, il te ressemblait, tiens ! Enfin, c'est plutôt toi si l'on considère l'ordre chronologique. Il était le plus sauvage des garçons de la bande, fermé, souvent taciturne. Avec moi, je te le dis comme c'était, il s'ouvrait. Nous avons grandi à côté, toujours dans le même quartier. Quand on apercevait l'un, c'est que l'autre n'était pas bien loin.

(Elle me ressert du gâteau. Pas la peine de tenter de refuser.)

56

– Moi, David, je pense que les sentiments, c'est regarder en haut. Pas à côté mais en haut. Alors, le pépé, je ne l'ai pas vu.

– Tu savais qu'il t'aimait ?

– Tu parles ! Il me le serinait sans cesse. J'étais sa princesse, qu'il me disait.

Inévitable, David repense à Alexandra. Même situation, lui dans le rôle de pépé. Troublants, quand même, ces schémas sentimentaux qui sautent des générations comme peuvent le faire certaines maladies génétiques.

– Tu avais des fiancés pendant ce temps-là ?

Les bajoues de sa grand-mère rosissent légèrement.

– J'en pinçais pour un plus vieux qui ne m'a jamais regardée.

– Et comment ça a fini par se faire, avec pépé ?

Elle jette un regard à la grosse horloge et verse dans l'affolement.

– David, c'est l'heure de mon jeu télé !

Alexandra n'aime pas ça.

Elle feuillette mécaniquement un magazine devant la secrétaire dont elle sent le regard inquisiteur. Elle lui adresse un sourire innocent, toujours soigner ses relations avec ces figures apparemment secondaires dans l'antichambre du pouvoir.

Bientôt une demi-heure qu'elle poireaute. Plus qu'il

n'en faut pour spéculer à tout-va sur cette convocation chez le patron.

Dans l'ascenseur qui la propulsait au dernier étage, elle s'était évaluée dans la glace cinglée d'une lumière crue. Elle ne se reconnaissait pas dans les litanies de compliments qui accompagnaient sa vie depuis toute petite, cette beauté présumée trouvée très tôt dans le regard des autres.

Elle jugeait son visage trop sévère, maudissait ce nez interminable qu'elle voyait à l'identique sur celui qui lui avait donné la vie avant de reprendre sa liberté.

Dans la foulée, elle lui en voulait aussi de cette impossibilité congénitale qu'elle ressentait à s'attacher.

La porte s'ouvrit brutalement. Deux hommes soignés apparurent, dont un s'éclipsa le sourire aux lèvres.

Elle considéra Fauré qui ne lui fit pas l'honneur de lui rendre la pareille, il avait foncé sur sa secrétaire sans doute détentrice de tant de messages essentiels.

Alexandra sentit une incontrôlable violence monter en elle. Les puissants avaient probablement tous les droits, elle ne supportait pas l'impolitesse.

– Bonjour monsieur. Alexandra Sadoul. Nous avions rendez-vous il y aura trois quarts d'heure dans cinq minutes.

La surprise de l'interpellé se lut jusque dans son dos qu'il fit pivoter pour considérer l'effrontée.

– Tiens, Sadoul !

Elle n'aimait décidément rien de cet homme, surtout pas la lueur malsaine de son regard.

– Puisque vous êtes pressée, qu'attendez-vous pour entrer ?

Ce qu'elle fit sans un mot.

Il ne l'avait pas suivie, elle en profita pour jeter un long regard circulaire sur cet espace plus vaste que son propre appartement. Les innombrables écrans de télévision semblaient entretenir conversation, il y en avait davantage que de livres dans la bibliothèque.

Le large bureau était parsemé de feuilles arborant des courbes dont les tracés avaient minutieusement été surlignés de différentes couleurs.

Il finit par entrer, ferma la porte derrière lui.

– Vous avez de la chance, j'aime les gens de caractère.

Elle ne tomba pas dans le piège, garda le silence derrière un visage qu'elle voulut de marbre. C'était à lui de venir, après tout.

Il s'enfonça dans son fauteuil, ouvrit un tiroir, en sortit un document qu'il déposa devant lui. Alexandra se reconnut sur la photo scannée en haut à droite de la feuille...

– Vous avez les défauts de votre jeunesse. Vous vous battez contre les injustices de ce monde, on est tous passés par là, vous en reviendrez. J'ai décidé de vous donner votre chance. Vous savez que notre chaîne a été frappée par un terrible drame. France Dubois va mieux, mais elle est perdue pour la télé. L'entreprise ne la laissera pas tomber, nous lui trouverons un rôle fondamental en coulisse quand elle sera complètement rétablie. Mais les programmes continuent. Un casting est organisé après-demain pour la remplacer à la météo. Je veux voir ce que vous donnez.

Il s'interrompit, dans l'attente probable de remerciements.

Alexandra se leva et lui souhaita une bonne journée. Elle l'entendit lancer avant qu'elle ne franchisse la porte :

— Vous passerez d'abord chez le coiffeur.

Sonnée, éberluée, elle commit l'erreur de ne pas saluer la secrétaire en sortant.

Son doigt automate appela l'ascenseur. Pourvu qu'elle ne croise personne jusqu'à son bureau, son bouleversement devait être à la hauteur de son nez au milieu de la figure, elle ne s'envisageait pas délivrant des explications dans la minute.

La cabine s'immobilisa au troisième, c'est avec soulagement qu'elle vit entrer Anna.

— Anna, tu tombes bien, comme toujours. Il faut que je te parle.

— Impossible ! On enregistre tout l'après-midi. En plus, c'est la spéciale Noël de « C'est dans la poche ».

Une fois qu'elle eut dit ça, l'expression ravagée d'Alexandra et sa curiosité titillée l'incitèrent à trouver une solution.

– Bon, d'accord. Viens avec moi en régie. Tu verras, les boules de Noël début octobre, c'est très sympa.

Le chanteur mettait toute sa conviction à se déhancher en play-back. Il faisait franchement anachronique vêtu d'un smoking au milieu d'un joli après-midi ensoleillé, mais personne ne semblait s'en étonner, le fabuleux monde des jeux vivait sous couveuse.

Le panneau APPLAUSE s'alluma, les spectateurs manifestèrent avec exubérance, dans la foulée hystérique, s'abattit une averse de confettis.

L'animateur revint à ses fiches et les candidats à leur concentration.

Anna usa de son autorité naturelle pour faire baisser le son du retour en régie.

Elle considéra le conducteur et estima qu'elle avait un bon quart d'heure devant elle avant un éventuel gage si le candidat séchait trop ostensiblement. Elle s'assit près d'Alexandra.

– Alors, qu'est-ce qu'il t'arrive ? Je ne t'ai jamais vue dans cet état-là !

– Je sors du bureau de Fauré.

Anna émit un sifflement admiratif, elle savait particulièrement bien siffler et aussi claquer des doigts avec souplesse.

– Les ennuis commencent ?

61

— Exactement. Il veut que je passe le casting météo pour remplacer France Dubois.

Les ongles d'Anna s'agitèrent nerveusement sur son visage.

— Et alors, tu vas le faire ?

— Qu'est-ce que tu en dis ?

— Que t'es bien meilleure que les autres candidates.

Au même moment retentissait un jingle saturé, apparemment, une voiture venait d'être gagnée.

— Bon, faut que je me magne. Alex, ils ne vont pas tarder à faire une pause pour installer le plateau de la deuxième variétoche.

Mais Alexandra en voulait davantage.

— Tu les connais, toi, celles qui vont passer le casting ?

— Evidemment. J'ai la liste. Sauf un nom, une candidate mystère.

Elle s'interrompit, on l'appelait. La chanteuse suivante se tapait une allergie à un nouveau produit de maquillage. Elle refusait de sortir de sa loge.

David faisait défiler les dépêches sur son ordinateur. Il prenait la température du monde, ce monde balisé, standardisé, dont les secousses prémâchées allaient être traitées quasiment à l'identique par toutes les rédactions du pays.

Il tuait le temps en attendant son rendez-vous avec

France Dubois. La jeune femme avait regagné son domicile, elle avait accepté de le recevoir.

Il en concevait un grand trouble. L'honnêteté lui suggérait d'en informer sa jumelle, mais il redoutait d'avoir l'air de tirer profit d'un prétexte.

La sonnerie du téléphone le tira de son brouillard.

— Bonjour, c'est Eve Dubois.

Il pensa dans un déluge que, pour une fois, elle se présentait, qu'elle l'appelait, qu'elle l'appelait au moment précis où il se demandait comment reprendre le contact.

— Comment allez-vous ?

— Ce n'est pas le problème.

— Et quel est le problème ?

— Il faut que je vous parle.

— Entièrement d'accord. Je passe chez votre sœur et j'arrive chez vous.

— C'est elle ou moi.

— Ce sera elle, puis vous.

Et il raccrocha.

David croyait aux répétitions. Il s'étonna donc de ne pas tomber sur la voiture de reportage de Rossi devant le domicile de France Dubois. Mais non, apparemment, il était le seul, les sceptiques allaient s'en étrangler et lui y gagner quelque temps de tranquillité.

Il se sentait nerveux, pas tant par l'enjeu, quoique,

mais devant ce double jeu. Il craignait, il le pressentait, de voir devant ses yeux son aventure défigurée. Pas de caméra de surveillance cette fois, mais un Interphone où il déclina son identité d'un ton qu'il voulut le plus doux possible.

Il ignora l'ascenseur et grimpa lentement les trois étages. Il cogna légèrement à la porte entrouverte et entra ainsi qu'une voix faible le lui proposait.

Le salon était plongé dans la pénombre, il distingua l'arrière d'une tête dépassant d'un fauteuil.

– Installez-vous, je vous en prie, murmura-t-elle.

David attendit que la silhouette décide de la suite des événements.

Lentement, en un temps infini, France Dubois pivota jusqu'à lui. Alors, il vit. Il vit ce visage détruit, saccagé. Deux énormes boursouflures perpendiculaires le barraient. La symétrique était impressionnante.

Il ne put réprimer un sursaut d'effroi et sut qu'il s'en voudrait le restant de ses jours.

– Rassurez-vous, vous n'y êtes pour rien. Mon miroir me fait le même effet. J'ai bien peur de n'avoir d'autre choix que de m'y habituer.

David aurait tellement aimé la prendre dans ses bras, il se contenta d'un faible sourire et d'un regard plein face.

– Aurez-vous la force de parler à mon micro ?

Se réfugier dans l'objet de sa visite lui paraissait encore la meilleure des solutions pour tous les deux.

64

Merci de votre attention

– Bien sûr, je ne reviendrai pas sur mon engagement. Pourriez-vous vous approcher ?

La nuit était tombée, achevant de noircir la pénombre. David coupa son Nagra à tâtons.

– Puis-je vous poser une ultime question ?

Elle ne répondit pas, il tenta sa chance.

– Pourquoi avez-vous accepté de me recevoir ?

– Parce que je vous écoute et que je sais que vous ne me trahirez pas.

David se leva, posa ses lèvres sur la joue lézardée et sortit sans un mot.

Dehors, il s'autorisa à accuser le coup. Il s'adossa contre un mur, fit claquer son Zippo et inhala sa douleur. Il pensa à l'agresseur et au mauvais quart d'heure qu'il rêvait de lui faire passer.

En rallumant son portable, il trouva un Texto : PASSÉ VINGT-DEUX HEURES, JE NE VOUS OUVRIRAI PLUS. E.D.

Sa montre ne lui accordait qu'une demi-heure pour filer à l'autre bout de Paris.

– Comment va-t-elle ?

– Secret professionnel.

– Très drôle.

– Elle va aussi bien qu'on puisse aller quand on

65

exerce un métier fondé sur l'image et qu'on finit défigurée.

— Merci, mais ça, j'aurais pu le deviner toute seule.
Comment l'avez-vous trouvée ?

— Je viens de vous répondre. Et puis, après tout,
vous connaissez votre sœur mieux que moi. Je n'ai
évidemment pas de conseil à vous donner mais pourquoi ne l'appelleriez-vous pas, les circonstances sont
suffisamment dramatiques, je suis sûr qu'elle a besoin
de vous.

(Mais pourquoi ai-je dit ça ? ça ne me regarde pas.)

David jeta un regard interrogatif sur ce visage qu'il
s'étonna, une fraction de seconde, de découvrir immaculé.

C'est le moment qu'elle choisit pour lui prendre la
main, doublant l'intimité d'un tutoiement inattendu.

— Il faut que tu m'aides.

Elle se leva, l'entraînant dans son sillage, il comprit
qu'ils allaient doubler la dose.

— C'est hors de question.

David l'avait dit calmement, sur le dos, nu comme
un ver, en tirant sur sa cigarette d'après l'amour.

Il se moqua lui-même intérieurement de son attitude à la John Wayne. Il se revit gamin, sortant du
ciné-club un jeudi après-midi et s'essayant dans la rue
à une démarche virile. Le western venait de lui donner

une sacrée leçon : pour séduire, assurer. Pour assurer, jouer de ses attributs. Mais les années avaient passé sans le sculpter autant qu'il l'aurait souhaité, il en avait souffert et s'était, avec le temps, fait une raison.

Depuis, il remerciait la nature pour service offert : pour tout muscle, il ne possédait que son cœur.

Il tira une nouvelle bouffée, il aimait simplement poser l'instant, le souligner, le surligner du tréfonds de ses poumons.

Il sentit qu'elle le regardait et qu'elle n'hésiterait pas à recourir aux formes de persuasion les plus imparables. Pourtant, il était déterminé à tenir bon, c'était hors de question.

– Donne-moi une bonne raison, une seule.

Il se tourna vers elle et tomba sur une expression de défi.

– J'en ai à revendre, des bonnes raisons ! Je pourrais même ouvrir un magasin de bonnes raisons, tiens ! D'abord, quoi qu'on en dise, ce métier ne s'improvise pas.

– Mais tu m'aideras !

– Laisse-moi terminer, je vais crescendo. Ensuite, je ne te laisserai pas mener cette supercherie au service d'un système que je méprise, et toi aussi, ai-je cru comprendre. Sans compter que ta sœur risque d'y voir une humiliation irréparable.

Eve sentit que la vraie, la seule raison qui pouvait la convaincre n'avait pas encore été énoncée.

– Et ?

David devint plus grave qu'il ne l'aurait voulu.

– Et une balafrée dans la famille, tu ne crois pas que ça suffit ?

Au petit matin, à l'heure des premiers fumets échappés des boulangeries encore fermées, il traça à vive allure vers la pâtisserie de béton posée aux abords de la Seine.

Le grand panneau à chiffres digitaux lui apprit qu'il devait faire fissa.

Il perdit quelques précieuses minutes à convaincre les hommes de la sécurité qu'il travaillait dans la maison depuis quelques années déjà.

En parcourant le long couloir circulaire ponctué de lourdes portes à battant, il contempla les fourmis qui s'échinaient à préparer l'info du petit déjeuner. Les décalés lisaient, rédigeaient, dictaient quand les autres dormaient, ils dormiraient à l'heure de pointe.

Un type sur le chemin du studio avançait en somnambule, répétant à voix haute le flash de nuit qu'il s'apprêtait à délivrer dans le poste.

Dans un coin, quelques étudiants écoutaient déjà la concurrence.

L'équipe du matin salua David avec l'impatience de ceux qui vont vendre une exclusivité.

– Dépêche, Divarovitch, tu fais l'ouverture du 8 heures !

– Tu me laisses combien ?

Le présentateur fit une estimation à la louche.

– Deux minutes, ça te va ?

– Deux trente ?

– Va pour deux trente.

On était en plein souk, ainsi se monnayaient les événements.

David entra en cabine de montage, considéra le lourd magnéto qui en avait tant entendu et prépara son matériel. Il retardait encore le passage au numérique, savait qu'il devrait s'y mettre, un jour ou l'autre.

Il aimait ce moment où, armé de sa paire de ciseaux, il retravaillait les témoignages comme un artisan. Une bonne coupe était celle qui ne s'entendait pas, il allait parfois chercher un silence à l'autre bout de la bande, un vrai silence, enregistré sur les lieux de l'interview, sinon, c'était de la triche. Une coupe en biais, un collant bleu, petit bout de scotch appliqué avec doigté sur la réglette qui ne le quittait jamais. Une accroche, une chute et, au milieu, coulait le récit.

La dignité de France Dubois lui apparut plus nettement encore que de visu. Elle n'avait rien vu, n'avait aucune idée sur l'identité de son agresseur, elle s'inquiétait puisqu'il courait encore, elle se savait perdue pour la télé et peut-être même pour l'amour – qui voudrait d'une balafrée ? –, elle disait qu'elle allait désormais se consacrer à l'essentiel, loin des apparences.

David colla un jaune de fin, rembobina, réécouta, deux minutes vingt-neuf, parfait, il restait une seconde d'émotion au présentateur en pied du document.

Il colla un col-clo, y inscrivit le sujet : FRANCE DUBOIS, la durée, la date, et son propre nom. Puis il alla déposer son trésor sur la « bite » du journal de 8 heures.

— C'était un son excellent, bon boulot, Divarovitch !

Il détesta la façon dont venait de le féliciter le directeur de la rédaction, il se sentait comme une pouliche flattée à l'encolure à l'arrivée du tiercé quarté quinté plus.

— Divarovitch, téléphone dans ton bureau. Divarovitch, dans ton bureau !

Le Stentophone lui lançait un appel général, il profita de l'aubaine pour quitter la conférence critique après-matinale, il ne goûtait guère la distribution de bons et mauvais points en public. Les félicités offraient un visage modeste, les humiliés tentaient plus ou moins mollement de se justifier.

— Oui, allô ?

— David, c'est Alexandra. Bravo pour ton témoignage, c'était très émouvant, honnêtement. Bon, il faut absolument que je te parle.

(Décidément, en ce moment, mes dames de cœur veulent me parler...)

— Est-ce qu'on peut attendre ce soir, Alex ? J'aurais besoin d'une petite sieste, je me suis levé à l'aube...

« Et je n'ai pas beaucoup dormi, mais ça, ne compte pas sur moi pour te le dire. »

Le silence qui lui répondait hésitait entre déception et supplication. Il remit son sommeil à plus tard.

Ce sont ces cernes, creusés, couleur cendre, qui lui sautèrent au visage. Il comprit que sa nuit avait été tumultueuse, ils en étaient au même point.

Il eut envie de caresser cette lassitude qui soulignait la sienne mais jugea plus sage de se concentrer sur le récit d'Alexandra.

— Fauré, tu sais, mon patron, il m'a convoquée dans son bureau hier et...

— ... et ta phobie de l'ascenseur ne l'a pas supporté, tu as monté les quinze étages à pied et les courbatures t'ont empêchée de dormir cette nuit...

Elle le regardait avec consternation.

— Pardon, c'était nul. Je t'écoute.

— Je ne sais pas ce qui lui prend, comment il s'est souvenu de moi, ce qu'il a derrière la tête, toujours est-il qu'il m'a fait une proposition qui me tue.

71

David fronça les sourcils, il ne voyait vraiment pas.

– Rien de scabreux, au moins ?

– Pas dans le sens où tu l'imagines. Il veut que je passe le casting pour remplacer France Dubois à la météo.

Elle l'avait dit d'une toute petite voix, le murmure fut reçu comme une déflagration.

David se leva d'un bond et s'emporta :

– Surtout, tu ne fais pas ça !

Il avait parlé comme un autre, qu'elle ne connaissait pas.

– Et pourquoi pas ?

– Mais parce que... parce que ce n'est pas pour toi ! Tu vaux mieux que ça, faire des gestes de la main sur une carte qui n'existe pas, sourire quand il fait soleil, plaindre la pluie mais pas trop parce qu'il en faut, tu disais toi-même que tu ne passerais jamais à la télé sans une bonne raison !

– Ecoute, David, laisser passer sa chance est une faute professionnelle, tu me l'as tellement répété ! Et puis, rien ne dit que je serai prise, ça me fera une bonne expérience. De toute façon, si je refuse, Fauré me placera sur sa black-list. (Un temps.) Anna me jure que j'ai ma chance.

– Qu'est-ce qu'elle en sait ?

– Il n'y a pas mieux informé qu'elle dans la chaîne. Elle connaît déjà la liste des candidates...

David se raidit.

– ... enfin, il ne lui manque qu'un nom, il paraît qu'il y a une surprise.

Il ne faisait pas bon croiser James Chardonne ce matin-là. Alain Mercier l'apprit à ses dépens qui tomba sur lui en débouchant dans l'entrée de marbre prétentieuse de Votre Radio.

Quand un croque-mort rencontre une gueule d'enterrement, c'est le premier qui prend.

– Dis donc, Mercier, je te paye pour quoi ?

– Pardon ?

– Réponds à ma question !

– Pour préparer les nécrologies des personnalités moribondes ou tout à fait mortes, cela veut dire prévoir.

– Ouais, t'oublies juste une chose : si elles ne meurent pas, je te paye pour rien. Si ça continue, t'iras bientôt prendre tes mesures ailleurs.

Mercier resta cloué sur place. Celle-là, on ne lui avait jamais faite. Il se jura de travailler sur-le-champ au portrait posthume de James Chardonne, de son vrai nom Maurice Charriot, des fois que ça porte malheur.

Pour l'heure, le futur trépassé était très énervé, il avait entendu l'excellent témoignage de France Dubois au micro de la concurrence. Il lui fallait une victime expiatoire, il convoqua la stagiaire du service société.

Elle entra en toute innocence, le charme ostentatoire. Enhardie par sa première visite, elle fit directement le tour du bureau.

Une telle conscience professionnelle aurait probablement eu l'heur, en d'autres circonstances, de plaire au patron. Marquer ou perdre des points, c'est tellement aléatoire.

— Asseyez-vous ! tonna-t-il.

Elle fit demi-tour, s'exécuta et attendit ce qu'elle pensait être l'annonce d'une promotion.

— Vous savez ce que vous êtes ?

Elle fit non de la tête, honnêtement, elle ne le savait pas.

— Vous êtes une pute.

Elle ouvrit une bouche à en gober une mouche.

— Une petite pute, de petit format. Vous croyez vraiment que vous allez faire carrière comme ça ? Mais ma pauvre, regardez-vous ! Pour tout baser sur la séduction, encore faudrait-il en avoir ! Vous n'êtes bonne qu'à vous agenouiller, et encore, y'a du travail. Je vais être gentil, je vais vous donner un conseil. Trouvez-vous une bonne place dans l'administration, vous perdrez moins de temps. Aux PTT ou à la Sécu, vous ferez peut-être l'affaire. Quoique vous n'êtes même pas capable d'aligner deux mots correctement.

La petite ne bougeait pas, assommée.

— Sortez, je vous ai assez vue !

La porte refermée, James Chardonne dégoupilla un

gros cigare, décrocha son téléphone et ordonna à Rossi de venir immédiatement.

– Entrez !

Rossi s'assit sans y avoir été invité, de nombreuses années de bidonnage n'avaient pas eu pour effet de le faire douter.

– Rossi, vous vous débrouillez comme vous voulez, vous avez carte blanche. Il me faut des révélations sur Sonia Stem. Vous fouillez partout, vous faites parler ses anciens petits amis, ses copines d'école, s'il le faut, vous forcez la porte de l'hôpital pour tenter de lui arracher ses premiers mots. Vous avez quarante-huit heures.

Déjà Rossi tournait les talons.

Il avait roulé toute la journée. Il allait n'importe où, empruntait une direction puis une autre, au gré du vent, de l'inspiration, de rien.

Quand David Divarovitch était perdu, il roulait à la recherche de solutions. Il savait qu'il ne les trouverait ni sur une plaque de rue ni dans le caniveau d'un quartier interlope, il comptait simplement sur le mouvement pour faire la mise au point. L'apaisement viendrait peut-être de l'abus de bitume.

Eve, Alexandra. Alexandra, Eve. Les deux visages s'emmêlaient quand ils n'étaient pas striés de marques indélébiles. Il les imaginait, l'une puis l'autre, annonçant la météo d'un air crétin. Il repensait aux étreintes, l'une avérée, l'autre désirée mais virtuelle. Il maudissait ce destin tout en saluant son talent de scénariste. Il ne savait plus rien, il savait que, quoi qu'il arrive, et l'on n'avait peut-être rien vu, il ne ferait pas que du bien.

Il cherchait la lumière, il trouva la lune.

Une lune pleine, débordante et orangée. Elle lui tomba dessus tandis qu'il débouchait sur une large avenue en sens unique. Il décida de ne plus la quitter, la pista dans le ciel profond.

La lune s'était aussi invitée dans le salon d'Alexandra.

La luminosité irisait sa chevelure ébène, la jeune femme, installée en tailleur à même le parquet, était penchée sur sa tâche.

Elle avait eu beau soupeser le pour et le contre, tracer deux colonnes, souffler sur la balance, elle ne savait toujours pas si le lendemain matin, elle se rendrait au casting.

C'était selon. Selon le moment, une fois oui, une fois non. Aucune de ses convictions successives ne parvenait à l'emporter tout à fait.

Elle avait échoué à trouver une bonne oreille. La réaction excessive de David l'avait blessée puis mise en colère.

Elle ne se connaissait pas d'autre âme sœur, ça ne court pas les rues.

Une maman, voilà ce dont elle aurait besoin. Une maman qui lui voudrait du bien, sans arrière-pensée. Elle ne s'appesantit pas sur le sujet, à chaque moment sa peine.

Elle tenta de sonder son envie comme un spécialiste se penche sur un diamant, le regard laser et la main experte. Mais elle manquait de recul, se sentait embourbée dans sa situation.

Restait le yi-qing. Elle s'y employait avec méticulosité.

Eve Dubois baissa le store pour échapper à la lune qui lui faisait de l'œil. Elle vida dans son verre le reste de la bouteille de whisky jusqu'à l'ultime goutte et avala l'alcool d'une rasade définitive.

La voix de Marianne Faithfull achevait de fixer son désespoir.

Elle se leva péniblement à la recherche d'un équilibre aléatoire, se traîna dans le local fourre-tout et entreprit de tomber sur la bonne pochette.

New York, 95. Elle se revit, un foulard plaqué sur les cheveux, à la Sue perdue dans Manhattan, une équipe de reportage suivait France pour un hebdo télé. A ses côtés, sa sœur éclatait d'un rire sans retenue.

Un Photomaton, dessus, France s'amuse à grimacer exagérément.

Islande (sans date, c'était quand, déjà ?), France toute nue dans une source naturelle d'eau chaude, au milieu de nulle part. Juste à côté, elle s'en souvient, jaillissait un geyser.

Encore un Photomaton, France fait mine de pleurer.

La Baule, 85 (ces photos sont vraiment rangées n'importe comment !), les deux sœurs en starlettes, gamines délurées sur l'étendue blanche. Le souvenir se fit si précis qu'Eve eut dans la bouche un goût de barbe à papa. France s'en était empli les bonnets désespérément vides de son soutien-gorge pour juger de l'impression.

Photomaton à nouveau, France impassible.

Eve pataugea un long moment dans l'instant puis se souvint de l'objet de sa quête. Elle cherchait avec davantage de fébrilité désormais. Elle trouva. Les deux jumelles étaient devenues quatre par le jeu d'un miroir.

Eve Dubois retourna le tirage intact et tomba sur une écriture enfantine.

A la vie, à la mort. France.

Sous la lune exactement, France Dubois pense mettre fin à ses jours défigurés mais ne trouve pas la bascule.

Alain Mercier relit avec nostalgie les plus fouillées de ses nécrologies.

Chardonne tire son coup avec une pute de luxe.

Rossi examine les plans de la Pitié-Salpêtrière.

Anna se gratte jusqu'au sang.

Sonia Stem dort d'un sommeil artificiel.

Fauré dîne en ville et commente l'affaire.

L'ex-stagiaire du service société se perd sous ecstasy au son de la techno.

Le vieillard se masturbe devant un film porno.

Sous la lune exactement, Amélie Millet, présentatrice de clips sur Clips TV, ne connaît pas encore la sensation de la lame froide d'un cutter sur son visage.

Amélie Millet regagna sa loge, envoya valser ses talons aiguilles et s'écroula dans le canapé que la production avait fini par lui concéder depuis qu'une photo au gros grain l'avait montrée embrassant goulûment une star du rap en bas de chez elle.

Elle avait dignement fêté la supercherie réussie avec la complicité de MCC, son ami d'enfance, Mouloud Charoukri dans le civil.

S'entraider, c'était aussi, estimaient-ils, faire grimper la cote de leur double célébrité, le journal people n'y avait vu que du feu.

Ils s'étaient partagé le prix de la vente du cliché et comptaient bien en faire de même avec les dommages et intérêts qu'ils allaient réclamer au magazine pour atteinte à leur vie privée.

L'affaire était d'autant plus savoureuse qu'Amélie préférait les filles et MCC les garçons. Argent facile, carrières stimulées, ils s'étaient aussi offert une couverture, c'était décidément tout bénef.

Les deux compères avaient décidé d'en croquer, de prendre ce qu'il y avait à prendre, niquer le système aussi longtemps qu'ils le pourraient.

Ce soir, Amélie se sentait lasse. Elle avait enregistré toute la journée, lancé des centaines de clips, sa tête était farcie d'images mitraillées et de sons souvent insoutenables. Et dire qu'elle n'aimait que les chanteurs réalistes !

Elle renonça à se démaquiller, enfila son long manteau de cuir et quitta le studio.

Des fans dont elle ne s'habituait pas à l'omniprésence l'attendaient pour quémander un autographe. Elle s'exécuta avec grâce, sourit à cette lune qui la fixait et s'engouffra dans le taxi qui l'attendait.

Arrivée en bas de chez elle, elle considéra à nouveau ce drôle de rond dans le ciel, aima l'idée de cette voyeuse universelle, pensa qu'au même moment, à un autre endroit du monde, quelqu'un d'autre faisait de même.

Soudain, une autre lueur l'aveugla, elle cria.

Elle ne voulait pas mourir maintenant, un jour sûrement, mais pas maintenant, il lui restait quelques bricoles à accomplir, s'offrir un cheval et trouver l'amour, ce sentiment de survie la sauva.

A terre, le visage en sang, elle vit la masse qui fondait à nouveau sur elle et menaçait de la frapper encore.

Amélie roula sur le côté, elle mit ses forces dans ce mouvement désespéré, elle pensa que, sans doute, ça ne suffirait pas. Dans sa tête cognait un refrain techno, tube de l'été passé.

A nouveau cette main gantée et son appendice métallique, c'en était fini de sa vie. Puis un bruit. Quelqu'un approchait, l'agresseur figea son geste et renonça. Elle crut distinguer, sous ses cils poisseux, un manteau de fourrure qui prenait la fuite. Elle se souleva péniblement et retomba évanouie.

Elle rouvrit les yeux sur le visage d'un pompier en très gros plan.

– J'ai mal..., bredouilla-t-elle, avant de sombrer une nouvelle fois.

Les forces de l'ordre avaient établi un cordon de sécurité, des badauds (ils semblaient avoir poussé en grappes du bitume) se pressaient autour, certains sur la pointe des pieds, la tête dévissée, à la recherche de sensationnel à voir puis à raconter.

Une vieille dame en bigoudis, tenue en laisse par un basset pomponné, jura par tous les dieux qu'elle avait tout vu, la police la prit à part.

Un mouvement se dessina, Amélie Millet gisait sur un brancard porté dans l'urgence jusqu'à l'ambulance.

Elle reprit conscience, le temps de se demander si

la lueur qu'elle venait d'apercevoir provenait de la lune ou du flash d'un photographe.

Puis elle repartit pour les pommes.

La photo d'Amélie Millet sur son brancard fit la une. Il ne fallut pas davantage de scrupules à ceux qui la publièrent qu'à celui qui l'avait prise. Le journal se vendit comme rarement.

MCC eut beau se démener pour tenter de le faire interdire en référé, le mal était fait.

En définitive, Amélie Millet, qui croyait prendre, venait de payer le prix fort.

Alexandra avait eu un haut-le-cœur en découvrant l'image à l'heure du petit déjeuner. La peur du rendez-vous achevait de lui soulever l'estomac. Elle partit au casting le ventre vide.

Après de nombreuses tentatives désormais échouées sur le sol de sa chambre, elle s'était finalement choisi un haut sobre, élégant mais sobre, l'attention ne risquait pas d'être détournée par son décolleté.

Elle entra à La Première par une porte dérobée comme le lui avait fermement recommandé la secrétaire de Fauré dans un appel téléphonique assez sec à son domicile la veille au soir.

Elle se dirigea, comme convenu, vers le studio du JT. Un homme sans âge qu'elle ne connaissait pas la réceptionna et l'emmena aussitôt vers la salle de maquillage.

– Moi, si je passais à la télé, j'y penserais à deux fois maintenant !

Celle qui s'exprimait ainsi semblait se parler à elle-même dans le miroir, elle s'adressait en réalité à une autre maquilleuse qui lui répondait par le même procédé de réflexion. C'était d'ailleurs apparemment leur seule façon de réfléchir.

– Tu m'étonnes ! T'as vu la tête de cette pauvre Amélie Millet ! Pas beau à voir, non, ça on peut pas dire ! T'imagines le choc, pour son mec ! Moi, je rentre comme ça à la maison, mon homme, il me reprend pas et je suis pas loin de le comprendre !

– Ouais, sauf qu'elle est pas près de rentrer. T'as vu ce qu'elle s'est pris dans la tronche ! En attendant, elles doivent commencer à avoir sérieusement les choquottes, les beautés de la télé !

Alexandra se racla la gorge pour signaler sa présence. Mais les jacasses étaient lancées.

– En plus, t'as vu, c'est à vie ! Même avec un bon laser qui coûte super-bonbon, ça ne partira pas, continua la première en s'échinant à attraper d'une pince à épiler intraitable un poil de sourcil récalcitrant.

L'autre mettait de l'ordre dans son vanity-case, cognait les flacons de fond de teint, nettoyait les pinceaux, recomptait les cotons.

Elle stoppa net pour bien marquer son interrogation.

83

– Je me demande bien quand même qui peut s'attaquer à ces filles. Encore un détraqué !

– C'est moi !

C'est tout ce qu'Alexandra avait trouvé pour attirer leur attention.

Trois, ça commençait à faire. L'affaire des « agressées de la télé » occupait les conversations, des couloirs des rédactions aux zincs des bistrots, s'incrustant aussi dans les antichambres gouvernementales.

France Dubois, Sonia Stem, Amélie Millet s'étaient imposées, contre leur gré, comme les nouvelles figures emblématiques d'une époque qui perdait la tête. Au moins étaient-elles en train de consolider leur notoriété mais la piqûre de rappel était indélébile.

Le ministre de la Communication fit de la place dans son agenda pour une visite à l'hôpital, en toute discrétion, pas au point tout de même d'atteindre la totale confidentialité, une caméra et un appareil photo immortalisèrent le déchirant tête-à-tête au chevet de la victime.

Les gazettes se perdaient en hypothèses, elles ne savaient rien mais occupaient l'espace.

Les trois balafrées furent exposées sous toutes les coutures. On rappela leur trajectoire, on publia des tonnes de photos désormais dépassées.

Les éditorialistes brodèrent sur cette télé qui rend

fou et attire toutes les folies, il s'en trouva même un pour écrire : « Bien fait ! » Après tout, insistait-il, c'était là la rançon de leur gloire artificielle, des sacs de courrier de protestation lui coûtèrent sa place.

Les psys furent appelés à la rescousse pour tenter de cerner la personnalité de ce fantôme qui jouait du cutter.

Un profiler se profila dans le paysage, appelé à délivrer quelques lumières en série. Ça voulait dire que sur toutes les chaînes on ne voyait plus que lui. Une chance, il venait justement de sortir un livre.

Les parents des victimes étaient sollicités sans cesse, les amis aussi, dont certains avaient été relégués au rayon accessoires depuis une bonne dizaine d'années, mais tout était bon pour parler et aussi pour pallier les manquements de l'enquête.

Car la police pataugeait. Certes, la dame au basset confirma le peu qu'on savait déjà : l'agresseur opérait en manteau de fourrure, rien n'indiquait pour autant avec certitude qu'il s'agisse d'une femme, l'histoire avait connu des maniaques brouilleurs de pistes. Le témoin évoqua également une tête recouverte d'une cagoule noire.

Et c'était tout.

Amélie Millet eut comme ses deux consœurs de malheur la chance toute relative de survivre.

MCC avait employé toute son habileté à lui cacher le cliché dégradant étalé dans la presse, il ne voulait pas qu'Amélie tombe sur son propre visage lacéré, camouflé en partie par un masque à oxygène, en partie seulement.

Quand l'infortunée rentra chez elle, elle sut que le destin était en train de s'acharner : quelqu'un s'était chargé de lui adresser la coupure par la poste.

Elle ne le supporta pas et plongea dans une profonde dépression.

C'est le moment que choisit Rossi pour faire des siennes.

On pouvait s'indigner des méthodes crapuleuses de Rossi, mais ce qui est juste est juste, il ne s'avouait jamais vaincu.

Fatigué de se faire refouler de l'hôpital, le reporter de Votre Radio attendit que Sonia Stem regagne son domicile pour déployer son magistral savoir-faire.

Il se présenta chez elle en tenue de livreur, il lui apportait des fleurs.

La petite avait perdu la face, pas son goût prononcé pour les égards.

Elle le fit entrer, le visage protégé d'un passe-montagne.

Le beau gosse la flatta, sortit l'artillerie lourde pour lui déclarer sa flamme : il l'avait toujours beaucoup admirée, ne manquait aucune de ses chroniques sur Télé Lolo, appréciait son professionnalisme, sa beauté, son sens inné du direct. (L'agression n'y changeait rien, bien au contraire, quel courage !)

Il regrettait de la rencontrer dans de si pénibles circonstances.

Puis son visage respira la souffrance, pour un peu, Sonia l'aurait consolé. Que se passait-il donc ?

Rossi se fit un peu prier avant de se décharger de ce lourd secret qui empoisonnait sa conscience : il était journaliste, n'avait pas choisi cet affreux procédé pour l'approcher, c'était ça ou il était viré.

L'argument sembla parler au cœur sensible de Sonia, Rossi crut entendre quelques reniflements. C'était maintenant. Il lui proposa de s'exprimer à son micro, une bonne fois pour toutes, la seule solution pour elle d'échapper aux sollicitations incessantes. Et pour lui de ne pas se retrouver au chômage.

Sonia accepta mais à une condition.

– Laquelle, ma puce ?

– Il y a une chose que je ne peux absolument pas dire.

– Ah oui, c'est quoi ?

– Vous promettez de la garder pour vous ?

– Evidemment, vous avez ma parole.

– J'ai un soupçon.

– Un soupçon ?

– Sur la personne qui m'a fait ça.

Rossi sentit son sang cogner à ses tempes.

– Et vous pensez à qui ?

Sonia semblait hésiter finalement, tournait autour de sa confidence.

– ... C'est que je n'en ai pas parlé à la police.

Rossi comprit qu'il était temps de se rapprocher. Il se leva, prit Sonia dans ses bras et la berça doucement. La scène était un peu ridicule, lui enlacé avec un passe-montagne, mais personne n'était là pour les voir.

– Dis-le-moi, bébé, tu verras, ça te fera du bien.

– Oui, mais je ne suis sûre de rien. J'y ai juste pensé, comme ça, rien ne prouve que ce soit lui...

– Justement, je vais t'aider à y voir plus clair ! Après le choc monstrueux que tu as subi, tu n'es peut-être pas la mieux placée pour te faire une idée. Moi, c'est mon métier, de peser le pour et le contre. Et puis n'oublie pas que cet enfoiré peut encore agir !

Il avait raison, c'était le Bon dieu qui l'envoyait, elle se décida.

– C'est ce type dont j'ai repoussé les avances récemment. Peut-être bien qu'il a voulu se venger.

– C'est possible. Comment s'appelle-t-il ?

– Alain.

Rossi ramait à faire cracher la petite, il n'irait pas loin avec ce seul prénom.

– Alain comment ?

– Je ne sais plus. Je n'ai dîné avec lui qu'une fois ou deux. Il avait un drôle de métier, mortologue, ou quelque chose comme ça. Dès que quelqu'un de connu meurt, il lui rend hommage, parle de sa vie.

Elle ne vit pas Rossi blêmir.
– Alain Mercier ?
– Oui ! C'est ça ! Vous le connaissez ?

D'autres se seraient au moins posé la question, pas lui.

La logique de Rossi avait le mérite d'être claire : les scrupules tuent le métier. Priorité à l'info et tant pis si la notion était entendue au sens large, ce qui veut dire qu'elle ramassait aussi les rumeurs. Etre tatillon dans la vérification prenait trop de temps alors que dans ce monde de plus en plus petit, la vitesse faisait la différence.

Il promit à Sonia Stem de la rappeler très prochainement et fila ventre à terre à Votre Radio.

Il débarqua sans y être invité dans le bureau de James Chardonne qu'il trouva en pleine autocontemplation dans un miroir en pied.

Le patron dînait le soir même avec une Lolita qui commençait à percer dans le cinéma, il était en train de juger de l'impression qu'il allait donner, se félicitait d'avoir osé cette veste en cuir. Ainsi surpris dans une intimité qu'il entendait garder pour lui, Chardonne s'apprêtait à tonner, Rossi ne lui en laissa pas le temps.

– C'est énorme ! hurla-t-il dans une excitation contagieuse.

Il ne savait que répéter ça : « C'est énorme ! »

Chardonne laissa sa rage de côté, Rossi était assez impressionnant dans sa danse du scalp, il devait se passer quelque chose.

– C'est énorme !

– Calmez-vous deux secondes, Rossi, qu'est-ce qui est énorme ?

– C'est énorme ! C'est Mercier qui a fait le coup !

– Qu'est-ce que vous racontez, Rossi ?

Rossi raconta. Et attendit. Un sourire vissé aux lèvres.

La réaction tarda à venir, Chardonne était ailleurs, un étrange regard fixé sur nulle part.

– Laissez-moi maintenant, Rossi, dit-il sans se départir de son état second.

– Qu'est-ce que vous allez faire, patron ?

– C'est mon affaire, je vous remercie.

Rossi pensa un instant bredouiller une résistance. Il ne trouva que dire, obtempéra et sortit. Après tout, chacun sa tâche, il avait rempli sa mission.

Il était un as.

Sourire, sourire au début et à la fin. Sourire, pas sorcier. Etirer ses lèvres, montrer ses dents, même un enfant de deux ans le ferait spontanément. C'est plus tard que ça se gâte.

Alexandra se détestait, c'était couru d'avance. Elle revoyait sa pauvre grimace lancée à la caméra à l'issue de son essai, la mimait en forçant sur le ridicule, elle ne se passait rien, jamais.

En marchant sous les gouttes, elle trouva la réponse à la question qui la hantait depuis plusieurs insomnies : bien sûr qu'elle n'aurait jamais dû y aller. C'était non, non, non, et re-non, pas question. C'était un peu tard.

Au même moment, Eve Dubois entrait par la même porte dérobée.

Elle était la dernière des candidates au casting, pas de quoi ranimer la vivacité des maquilleuses qui avaient opéré au rythme où d'autres serrent des boulons. Elle pénétra d'ailleurs dans une salle vide, les stakhanovistes de la palette s'étaient accordé une pause-pipi et prêchi-prêcha dans les couloirs, la jeune femme s'installa devant la glace et attendit.

Elle considéra le visage qui la considérait et pensa à sa sœur jumelle. Elle pensa à la France d'avant, l'immaculée, sa réplique parfaite.

Eve n'allait pas tarder à offrir son visage lisse, encore davantage lissé par le fond de teint et la poudre, aux regards qui allaient le scruter. Elle s'apprêtait à reconstituer le passé, à rendre à France une face plus étale, à laver l'affront.

Elle savait sa démarche sur un fil. Border-line. Il ne dépendrait d'un rien qu'elle retombe d'un côté ou de l'autre. Le genre de rien qui ne se contrôle pas, qui n'en fait qu'à sa tête. Rouge ou noir au casino.

Le risque était à la hauteur de l'enjeu. Perdre définitivement sa sœur ou créer un électrochoc bienheureux, tout tenait dans la réaction de France. Hommage ou humiliation, son ressenti aurait raison. Les dés n'allaient pas tarder à rouler. Il n'y avait rien à faire en attendant qu'ils se figent.

Le brouhaha d'une conversation interrompit ses pensées. Le son venu du couloir venait de prendre le dessus :

— Moi, tu vois, celle qui m'a le plus émue, c'est France Dubois. Je ne sais pas bien pourquoi, mais elle... elle était touchante, cette fille !

La voix se frappa le front.

— Oh non, mais je suis pas bien, moi, je parle d'elle au passé ! Elle est même pas morte ! Mais bon, je l'aime bien, France. Même à la météo, tu sentais qu'elle n'était pas dupe, tu trouves pas ?

— Oui, tu as peut-être raison. N'empêche, c'était quand même une fille qui passait à la télé ! Tu as beau dire, ça les change. Même les purs, ils finissent par tomber dans le panneau. Moi, j'en ai vu défiler, des débutants ! Bon, certains étaient cons dès le départ. Quand t'es con, t'es con, c'est immédiat. Mais même les gentils du début, au bout d'un moment, je suis désolée, c'est plus pareil. Tiens, c'est comme s'ils avaient un masque en permanence sur le visage. Ça doit être la couche laissée par la télé, une sorte de spray qui fait la différence. Et dans leur attitude,

92

pareil ! Petit à petit, ils agissent comme des gens qui passent à la télé. Ça tient à pas grand-chose, les gestes changent, les attitudes aussi. A la fin, ils ont tous les mêmes.

– Ouais... En attendant, la pauvre France Dubois, elle peut toujours faire ses mines devant la glace de sa salle de bains, maintenant !

– T'as raison, elle est morte pour la télé.

Ça semblait être le mot de la fin.

– Viens, on va chercher un café à la machine avant d'attaquer la dernière. Je suis lessivée ! Après ça, je rentre dare-dare et je me colle devant la télé.

Eve Dubois entendit deux paires de talons s'éloigner lourdement. Elle ramassa ses affaires et partit.

Alain Mercier se leva avec le sentiment d'être plus fatigué qu'en se couchant. Il ne dormait jamais beaucoup mais bien, habituellement.

Il considéra la somme de papiers et de livres qui jonchaient la moquette élimée de sa chambre. Il avait travaillé tard, avait surfé sur le Net, lancé des moteurs de recherche, imprimé quelques documents biographiques et s'était pour finir autorisé un forum de cul.

Une certaine Mélissa l'avait chauffé, il avait téléchargé sa photo envoyée comme un CV suggestif. La belle plante posait de dos, en string, la tête tournée vers l'objectif. Une langue amicale pointée sur sa lèvre supérieure incitait au clic et davantage si affinités.

En retour, il l'avait traitée de chienne, elle semblait avoir apprécié l'hommage et commençait activement le travail toute seule en attendant un coup de fil.

Mercier s'était déconnecté aussi sec, sa limite du virtuel était atteinte.

Il avait décapsulé une nouvelle bière, son esprit carburait à blanc, un élément indéterminé le contrariait, formait une boule dans son estomac sans qu'il parvienne précisément à localiser l'objet de son malaise. Alors, il avait repensé à sa vie et était tombé sur la mort. La mort des autres qui le faisait vivre, cette mort aussi dont il ne s'était jamais remis.

Il repensa à son aimée partie sans au revoir, partie un matin banal. Il n'avait rien vu venir, aucun signe précurseur de ce coup de fil lui annonçant la nouvelle, elle venait de se tuer en voiture, sur le chemin du boulot, un feu brûlé de l'autre côté du carrefour.

Il se souvint comment il n'avait d'abord rien ressenti, habitué à traiter la mort, à la désamorcer. La déflagration avait mis plusieurs semaines à le frapper, elle n'en fut que plus violente.

Longtemps, il ne put davantage rendre hommage aux disparus, envisagea un ailleurs qu'il ne trouva jamais. La mort d'un comédien, suicidé d'une balle en pleine tête, le remit sur le chemin des épitaphes, l'émotion qu'il ressentit lors de la disparition de cet

94

être incandescent lui fit comprendre combien il aimait quand ses mots se figeaient dans le marbre.

Il réalisa que seules ces nécrologies savaient donner un sens à sa vie.

Alain Mercier fila sous la douche, il n'entendit pas qu'on frappait bruyamment à sa porte. En attrapant sa serviette, il sursauta. Plusieurs hommes venaient de faire irruption dans sa salle de bains, l'un d'eux brandissait une carte tricolore.

– Alain Mercier ? Police ! Veuillez vous habiller et nous suivre !

De son vivant, on lui tira le portrait dans la presse.

Alain Mercier n'était encore qu'un suspect, mais il présentait le tort irrémédiable d'être le premier interrogé dans l'affaire des agressées de la télé, un gibier sur lequel s'acharner, sa réputation ne s'en remettrait jamais.

Sa culpabilité présumée équivalait à une culpabilité tout court. Le conditionnel semblait réduit à l'état de coquetterie, déjà certaines manchettes spéculaient sur ce commerçant de la mort qui s'était personnellement impliqué à trouver de nouveaux clients.

Un journal, davantage populiste que populaire, titra même : « Mort de peur. » La une affichait en exclusivité la photo d'Alain Mercier sortant de chez lui menottes aux poignets, l'air hagard. L'imminence de son arrestation avait fuité, quelqu'un avait visiblement eu intérêt à ce que ça se sache, quelqu'un de l'intérieur, la police ou même la tutelle. Le message transpirait en filigrane : « Voyez l'efficacité des forces de sécurité de ce pays, futurs électeurs, observez combien règne cet ordre qui vous rassure. »

Et tant pis si le retentissement se faisait au détriment du toujours présumé innocent.

Sur la photo, en dessous des commissures mal rasées d'Alain Mercier, un micro. L'organe triomphant était siglé : VOTRE RADIO. Au bout du micro exultait Rossi. Règle d'or quand on sort une révélation : garder une longueur d'avance, la meute de la concurrence lâchée sur les talons.

Chardonne félicita son reporter chaudement. Il pouvait bien lui concéder quelques miettes de gloire, lui qui fut au festin. Le patron de Votre Radio s'offrit ce soir-là une double invitation en direct aux 20 heures des deux principales chaînes hertziennes. La Première avait eu la primeur, Chardonne avait foncé sur une moto pour témoigner aussi sur la chaîne d'en face, six minutes montre en main avaient suffi, il était déjà maquillé.

D'une interview à l'autre, ses propos étaient rigoureusement identiques. On sentait le message bien préparé : son devoir de citoyen lui avait commandé de livrer à la police ce collaborateur talentueux, non, il n'avait jusque-là jamais ressenti le moindre doute sur la personnalité de son nécrologue. « Connaît-on jamais les gens », concluait-il d'un ton déchirant.

Même larme à l'œil en point d'orgue, sur une chaîne puis sur l'autre.

En rentrant chez lui, James Chardonne se servit un whisky, rembobina la cassette dans son magnétoscope et s'installa face à son image.

Il regarda son intervention une première fois pour une impression d'ensemble, se félicita du choix de sa chemise blanche et de sa veste bleue.

La deuxième diffusion lui servit à juger de ses propos. C'était parfait, fermeté et émotion à la fois.

Il revint au début, appuya sur Play, se leva et se posta devant la photo de son père qu'il inclina en direction du poste de télévision.

– C'est pour toi, papa, murmura-t-il, la gorge serrée.

L'homme en bleu de travail qui regardait à présent la télé depuis l'au-delà avait été immortalisé une grosse main calleuse essuyant un filet de sueur sur un front strié de rides. James Chardonne avait toujours vu son père se tuer au travail pour un salaire de misère. Jusqu'à ce jour où il le vit se tuer tout à fait.

Le lendemain, Maurice Charriot montait à la capitale se dessiner un autre destin.

Le passe-montagne de Sonia Stem fut amené à s'aérer, la police convoqua la jeune femme illico, ne goûtant que modérément les déclarations qu'elle semblait avoir réservées à un journaliste.

La pauvre fille poussa un cri d'effroi en découvrant qu'elle avait été roulée dans la farine.

Le vieillard s'est astiqué. Soulagé, il entreprend de lustrer sa télé. Il la veut impeccable, alléchante. Armé d'un chiffon, il traque poussière et reflets depuis plusieurs heures, prend du recul pour juger de la brillance.

Elle est à lui, sa soumise.

Elle lui manque déjà, il fait durer l'attente, le moment où il l'allumera. Il tourne autour, se retient, trouve une diversion dans cet estomac qu'il faut bien remplir, ouvre une boîte de cassoulet qu'il met à chauffer dans une casserole émaillée. Il dévore debout, se désaltère au goulot d'une bouteille de listel gris. Un rot bruyant et gras marque le signal.

Le vieillard tire les rideaux du salon sur son intimité, il se cale dans le fauteuil, attrape la télécommande et donne vie à la femme de sa vie.

Il s'offre un flirt, une approche générale, il papillonne.

Des candidats concentrés sur leur buzzer, un téléfilm d'amour téléphoné, un panneau des valeurs françaises à la Bourse de Paris, une aguicheuse en cuir au service d'une voiture, la découpe d'un poulet en gros plan, un paysage carte postale, la démonstration d'un

98

appareil qui fait maigrir, un homme menottes aux poignets.

Maintenant, il va se faire plus pressant. Sur le jeu, il reste un instant, entre dans le jeu, écrase un champignon imaginaire.

Le générique de fin appelle une autre humeur. Il fait défiler les chaînes machinalement, à la recherche de son prochain béguin, tressaille puis revient en arrière, alerté par un nom qui vient d'être prononcé.

Un présentateur à la propreté écœurante occupe l'espace, surmonté d'une diapo montrant un homme mal rasé entouré de deux policiers. « Alain Mercier est toujours en garde à vue, interrogé dans le cadre de l'agression de Sonia Stem. » Le vieillard pousse un hurlement terrible. On est en train de le déposséder.

Anna le sait déjà et ne sait que penser. Elle arrache une peau morte sur son visage irrité par un sommeil agité, tout en feuilletant la presse du matin mais son esprit s'échappe, la ramenant toujours au même point.

Un cadreur l'a appelée la veille au soir pour la prévenir comme elle le lui avait demandé. Il filmait le casting, il est formel, Alexandra a crevé l'écran, les autres peuvent aller rhabiller leur décolleté, il n'y a pas photo, c'était elle la meilleure. Naturelle, spontanée, fragile. Fragile dans son petit sourire de fin.

Anna, en enquêtrice rigoureuse, a recoupé ses sources. Un crochet à la fraîche par le dernier étage, celui de la direction. Elle a surpris la conversation au téléphone de la secrétaire du patron, attirée par son ton d'initiée. Alexandra Sadoul venait d'être choisie pour remplacer France Dubois à la météo.

L'indiscrétion allait trouver écho dans la demi-heure sur la radio de Rossi, il faut bien arrondir ses fins de mois quand on travaille dans le secret des dieux. Et puis, la femme d'un certain âge l'aimait bien, ce Rossi, si seulement elle avait eu vingt ans de moins...

Anna sait aussi que la surprise pressentie au casting ne s'est finalement pas présentée. Elle donnerait cher pour savoir de qui il s'agissait, n'a pour l'heure pas réussi à percer ce mystère-là.

Elle sort un petit miroir de son sac et observe les dégâts de la nuit, elle est seule dans son bureau, elle peut le faire.

En dormant, elle s'est débarrassée des gants chirurgicaux qui tentent de la protéger de ses démons, constate qu'elle s'est acharnée sur son cou désormais barré de stries ensanglantées. A ceux qui demanderont, elle évoquera les assauts d'un chat, imaginaire et sauvage.

Depuis dix ans, depuis que sa peau la fait souffrir, elle a tout tenté, en vain. La cortisone, un piège, les séances d'UVA, inutiles, les cures d'argile, l'acupuncture, les somnifères puissants. Elle se sait allergique à la poussière, aux acariens, au parfum, à la plume, aux oranges, à la vie.

Tout l'agresse, et ça se voit. Elle ne trouve pas de logique à ses crises, été, hiver, même combat perdu tout le temps. Elle ne s'aime pas et se le fait payer en nature. Son visage tient de l'obsession et de la contrariété, il a changé la trajectoire de ses jours.

Elle se rêvait grand reporter, en permanence sur le départ, elle ne peut pas. Sa peau s'irrite trop de l'incertain, des manquements à une hygiène stricte et contraignante, elle est condamnée au confinement du confort. Elle maudit son âme aventurière clouée au sol. Elle se voulait téméraire, elle a fini dans l'alimentaire, gagne sa vie grâce à des jeux idiots.

Anna range son miroir en soupirant et se plonge dans le papier sur l'arrestation d'Alain Mercier qu'elle n'a plus revu depuis plusieurs années.

Elle se souvient de cet être gracile qu'elle avait côtoyé lorsqu'elle était assistante à Votre Radio. Ils ne s'étaient pas souvent parlé, mais savaient tacitement ce fluide qui les reliait, cette fraternité induite des êtres cabossés subissant leur vie.

Son interpellation l'étonne sans l'étonner. Sait-on jamais où mène le désespoir ? Tout cela ne lui fournit pas la réponse à la question qu'elle ressasse : appelle-t-elle Alexandra pour l'informer qu'elle a été choisie ou laisse-t-elle faire les voies officielles ?

Alexandra met deux sonneries à s'étonner d'un appel aussi matinal. Elle laisse le répondeur en marche, s'approche quand même pour connaître la teneur du message, n'entend qu'un téléphone que l'on raccroche.

Son portable donne de la voix à son tour. Cette fois, elle prend.

— Allô, je vous ai demandé d'être joignable à tout moment. M. Fauré désire vous parler. Il vous attend dans une heure.

La protestation de la jeune femme tombe dans le vide, déjà le ton comminatoire a raccroché.

Alexandra n'hésite pas, il est trop tôt dans la matinée et trop tard pour l'orgueil, elle n'écoute que cet élan qui la pousse à composer le numéro de David. Elle n'a que lui, il est son oreille, sa clarté, sa vigilance. Certes, ils se sont exprimés vivement, comme jamais, elle sait qu'il leur faudra tirer ce malentendu au clair mais là, tout de suite, elle a besoin de l'entendre sans attendre.

Une voix ensommeillée décroche.

— David ! Je suis tellement contente de te trouver ! Ecoute, je sais que ça va te paraître curieux au réveil, mais j'ai une question importante à te poser, je n'ai pas beaucoup de temps pour en discuter, je sais aussi qu'il faut que nous nous voyions. Mais pour l'heure, ça urge. Réponds-moi par oui ou par non parce que j'ai rendez-vous dans moins d'une heure dans le bureau de Fauré et...

– La réponse est non.

– Mais...

– Tu te demandes si tu dois présenter la météo à la place de France Dubois, tu m'appelles pour me demander mon avis, c'est non.

Alexandra reste bouche bée. David a raccroché. Le portable toujours vissé à l'oreille, elle n'en revient pas.

Elle fronce les sourcils. Il vient de lui rendre un sacré service. Puisque c'est comme ça, sa décision est prise.

Elle sentit immédiatement un changement palpable. Le cerbère de l'entrée lui décocha un sourire de miel. Les regards se faisaient insistants sur son passage. Elle se demanda comment tous ces gens savaient puis ne se demanda plus. Dans l'ascenseur sonorisé de Votre Radio, le présentateur annonçait qu'Alexandra Sadoul (il lui sembla qu'on parlait d'une fille qu'elle ne connaissait pas) venait d'être choisie pour présenter la météo sur La Première. « Exclusif ! » matraquait la voix métallique qui passa à un avis de tempête pour la nuit suivante.

Alexandra se considéra dans la paroi en forme de miroir, elle ressentait fierté et frayeur. Elle sut surtout qu'à partir de maintenant, elle allait devenir une autre.

L'affaire commençait à se dégonfler. Alain Mercier avait été relâché, son alibi était en béton armé. Le soir de l'agression de Sonia Stem, il assistait à un concert de musique classique en compagnie de sa cousine qui avait aussi confirmé leur souper tardif dans une brasserie de la place de Clichy.

A l'heure où la chroniqueuse de Télé Lolo était attaquée dans le hall de son immeuble, l'ex-coupable n'avait pas encore consommé la première des eaux-de-vie dans lesquelles il s'était abîmé cette nuit-là.

Mercier posa son mois de congé en retard et disparut de la circulation. Il n'avait reçu ni excuse ni réparation, le « mort de peur » l'était surtout par la méchanceté de ses congénères.

Octobre était bien avancé, les splendeurs de la télé avaient vu leur beau bronzage s'évanouir et trimaient désormais à des couleurs plus artificielles. Certains programmes de la rentrée étaient déjà passés à la trappe, audience trop faible, aucun avenir en dehors de l'adhésion immédiate par le plus grand nombre.

Les journaux s'étaient trouvé une nouvelle proie, un homme politique de premier plan avait été photographié dans un club échangiste. Le scandale était à la hauteur des indignations morales de l'homme public, ce catholique pratiquant pratiquait surtout la dissimulation.

L'affaire fit grand bruit, se répandit dans les colonnes, on ne parlait plus beaucoup des balafrées de la télé. La coque était vide, le roi du cutter semblait s'être calmé. L'enquête faisait du sur-place, les projecteurs s'étaient déplacés vers du plus immédiat. Ainsi vivait la bête médiatique, avide de fraîcheur et de sensationnel.

Alexandra ouvrit son armoire à la recherche d'une tenue appropriée. Elle fit défiler les cintres nerveusement, aucun vêtement ne semblait convenir à la situation nouvelle, depuis son passage chez le coiffeur, elle ne trouvait plus son propre style.

Comment devait donc s'habiller une jeune femme de trente ans aux cheveux courts quand elle n'était pas entièrement prise en main par les stylistes de la télé et qu'elle se rendait à un rendez-vous amoureux ?

Avant, elle aurait enfilé un jean et un tee-shirt moulant, aurait chaussé ses Converse et se serait simplement sentie elle-même. Depuis qu'elle était passée dans le camp des gens connus, elle ne savait plus.

Trois semaines déjà qu'elle présentait la météo sur La Première, l'étalon temps semblait avoir pris une autre dimension.

Son arrivée lui avait valu des papiers dans les magazines, un hebdomadaire particulièrement bien inspiré lui avait même proposé de poser avec France Dubois (sans rancune), même de dos, s'il le fallait. Alexandra avait refusé et obtenu que la victime ne sache rien de la proposition indécente.

Longtemps, elle avait cherché comment adresser un signal amical à celle dont elle avait pris la place, n'avait trouvé que de mauvaises solutions et s'était finalement abstenue.

Déjà, on la reconnaissait dans la rue. Déjà, il lui semblait qu'elle appartenait aux gens. Sa boulangère lui avait demandé un autographe pour son fils handicapé et lui mettait chaque jour une baguette de côté, pas trop cuite.

Elle avait eu des nouvelles de vieilles connaissances datant du lycée, les coups de fil étaient gentils, seulement elle ne savait qu'en faire.

Mais le pire était encore la sale fierté de sa mère. Comme par magie, l'indifférente d'hier se manifestait à nouveau, Alexandra l'imaginait paradant et revendiquant soudain sa progéniture à outrance.

D'où venait donc ce sentiment que le beau fixe de sa vie la plongeait dans un état cotonneux comme le ciel au-dessus de Paris ?

Alexandra se moqua d'elle-même en constatant que ses pensées étaient truffées de métaphores météorologiques, bientôt, elle serait bonne pour élever des grenouilles.

Finalement, elle opta pour un pantalon de lin beige et un chemisier blanc. Immédiatement, elle pensa à David, se revit vêtue à l'identique, pendue à son bras, une nuit où ils avaient écumé les bars de Ménilmontant, les passants n'auraient jamais pu imaginer qu'ils n'étaient pas amoureux.

Elle ne l'avait pas revu, ne lui avait pas même parlé depuis qu'il lui avait raccroché au nez. Elle avait espéré un mot le jour de sa première météo et n'avait reçu que du silence. Elle savait par la bande qu'il était parti en Inde couvrir un tremblement de terre ayant fait des milliers de victimes, avait apprécié ses reportages dignes et humains. Elle admirait son style dépouillé, quand il racontait à la radio, on voyait.

Alexandra passa dans la salle de bains, domestiqua ses cheveux sous un serre-tête pour attaquer son maquillage, la pensée toujours braquée sur David.

Il devait être rentré maintenant, la dramaturgie classique des tremblements de terre était terminée : le bilan effroyable finalement revu à la baisse, la réplique, les chiens français envoyés en renfort, la découverte d'un miraculé, l'appel aux dons, la polémique sur la rapidité des secours et la qualité des constructions, les risques d'épidémie.

Quand Alexandra repensait à David, elle lui en voulait encore sacrément. De ne pas lui avoir expliqué. D'avoir déserté leur complicité. De lui manquer.

Elle sursauta en découvrant l'heure. Elle allait être sérieusement en retard. Ce soir, elle dînait avec Michel de la Hurière, le présentateur du 20 heures de La Première.

Michel de la Hurière minauda un sourire à la caméra, soutint le regard à destination des salons, fit mine d'empiler ses feuilles, rangea son stylo à plume dans sa poche intérieure et attendit la fin du générique, énervé.

Il savait ce rituel caricatural mais ne s'imaginait pas désertant prématurément le studio (l'image de la chaise vide de Giscard n'avait pas fini de faire rire), ou jetant ses feuilles dans la poubelle, dénouant sa cravate, pourquoi pas ?

Non, il respectait la mise en scène jusqu'au rideau final, n'allait tout de même pas scier la belle branche sur laquelle reposait sa vie.

Il venait de présenter son 1767e journal, à raison de 35 minutes quotidiennes hors week-ends et vacances, il avait passé 42 jours et 22 heures de son existence à l'antenne pour la messe officielle de l'info, pas besoin d'ôter les congés maladie, il n'avait pas manqué une seule édition.

Le direct le guérissait de tout, à se demander comment il supportait le sevrage, l'été.

Son professionnalisme était reconnu, on ne dure jamais par hasard, il travaillait vite et pouvait se permettre de multiples autres activités, l'écriture de chansons et de scénarii, le piano, qu'il pratiquait en virtuose, le rugby deux fois par semaine, la cuisine comme personne, son temps semblait élastique.

Mais son occupation première, obsessionnelle, maladive, était de séduire des femmes, il était insatiable.

Toutes lui étaient dues et il semblait faire l'amour autant avec son corps qu'avec son nom qu'il entendait que l'on traitât comme un privilège. S'il se donnait, c'était davantage à la caméra qu'aux créatures qu'il chevauchait, il n'était pas dupe et savait qu'elles couchaient avec son statut. Il avait renoncé à être aimé pour lui-même, c'était donnant donnant.

Le présentateur remercia l'équipe technique d'une voix routinière, demain amènerait un autre journal, à la fois immuable et inédit.

Il conserva sa couche de maquillage, il irait dîner en bleu de travail, fila au parking de La Première, ouvrit le top-case d'une moto grosse cylindrée, coiffa son casque. Comme toujours, il était dans les temps.

— Tu n'as pas attrapé de maladie là-bas, au moins ?

David sourit intérieurement en pensant que l'humanité tout entière pouvait bien souffrir le martyre, rien n'était pire pour sa grand-mère que son petit-fils enrhumé.

D'Inde, il lui avait ramené une boîte de thé, elle l'avait ouverte d'un geste suspicieux, on ne lui racontait pas d'histoire à elle, le meilleur thé du monde ne rivaliserait jamais avec le sien, acheté au Super U en bas de chez elle.

N'empêche. La vieille dame vivait intensément les reportages de David à travers le prisme de la télé, quand il partait quelque part, elle en savait presque autant que lui et n'oubliait jamais d'en faire profiter sa voisine, une Polonaise immense et fantasque qui vivait avec un tout petit homme.

L'amitié des deux femmes était tonitruante et ponctuée d'engueulades homériques, mais l'une comme l'autre retrouvait toujours le chemin de la porte d'à côté.

David déjeunait dans la HLM délabrée comme quasiment toutes les semaines quand il était à Paris, la tradition tacite semblait durer depuis toujours. Il était lié de tout son cœur à celle qui l'avait élevé lorsque, bébé, sa mère l'avait abandonné pour partir vivre avec un autre homme. Le père de David n'avait pas supporté le cadeau empoisonné, vivant, braillant, encombrant, et l'avait confié à sa propre mère. Il était mort d'une attaque foudroyante avant de voir grandir son fils, même de loin.

La grand-mère avait assumé sa mission avec amour et abnégation, elle avait elle-même perdu son mari une vingtaine d'années auparavant, ça faisait beaucoup de morts dans la famille, y'a des destins comme ça.

Ce midi-là, David avait trouvé, comme souvent, la petite femme en tablier de cuisine postée devant la télé, sa poche se gonflait d'un mouchoir grand comme un torchon, elle choisissait exclusivement des vêtements munis de poches, sinon, elle se sentait désarmée. Il lui fallait en permanence à portée de main un paravent à ses gigantesques crises d'éternuements.

Il embrassa avec tendresse les joues molles et incroyablement lisses puis se raidit. La voix qu'il entendait le dérangeait. Il se retourna vers le poste et découvrit cette étrangère qu'il connaissait tellement. Ainsi sévissait à la météo une Alexandra métamorphosée.

David resta hypnotisé. C'était la première fois qu'il se sentait ainsi dépossédé d'une relation par un objet froid et désincarné. La machine lui avait volé son intimité.

Alexandra semblait parfaitement à l'aise dans son rôle, bon petit soldat du temps, souriant quand il le fallait, le geste précis, la voix posée, elle était habillée comme les autres de la télé, pomponnée, formatée, les cheveux courts, cannibalisée par l'image qu'elle ren-

voyait. Il ressentit du mépris pour toutes ses compromissions.

— Elle est bien, la petite nouvelle, tu ne trouves pas ?

David se retourna vers sa grand-mère pour tenter
de repérer de l'ironie dans le regard de celle qui sentait
tout, qui devinait le reste, mais non, elle l'avait apparemment dit sans arrière-pensée c'était son jugement
de téléspectatrice assidue et rien d'autre.

Il ne répondit pas pour ne pas se trahir.

— Qu'est-ce que tu nous as préparé aujourd'hui, j'ai
drôlement faim !

Il savait que, pour elle, l'appétit valait tous les bul-
letins de santé.

— Oh, surtout, ne m'en veux pas ! J'étais un peu
fatiguée ce matin, le repas sera léger : oignons frits,
carpe farcie avec des ferfels, fromage et strudel. Si tu
n'as pas assez, j'ai aussi le gâteau de la voisine, mais
je te préviens, elle n'est pas très en forme en ce
moment, il est un peu sec.

Ils en étaient au café quand David s'entendit lui
poser la question qui l'obsédait, il le réalisa en la for-
mulant.

— Dis donc, grand-mère, à ton avis, faut-il davantage pardonner aux gens qu'on aime ou au contraire
être intransigeant parce qu'on les aime ?

— Oh, là, là ! mon garçon, tu ne serais pas amou·
reux, toi ?

— Pas du tout ! Je te demande ça parce que c'est un thème qu'on retrouve toute sa vie.

David n'était pas dupe, sa grand-mère brûlait. Un ange passa.

— Eh bien, David, moi je pense qu'il n'y a que des cas particuliers dans la vie. Tout dépend où tu places la barre et avec qui. D'un côté, pourquoi réclamer à ceux qui comptent ce que tu passes aux autres ? de l'autre, la vigilance est aussi la marque de l'amour, alors, il faut s'ajuster, sans cesse.

— Ouais..., bougonna David qui repartit dans ses pensées.

Mais quand sa grand-mère tenait une perche, elle la tenait fermement.

— Puisque tu abordes le sujet, je ne t'en aurais pas parlé la première, tu connais ma discrétion, tu penses te marier bientôt ?

Elle était trop mignonne.

— Ecoute, cette semaine, ça va être un peu compliqué parce que j'ai beaucoup de boulot, faudra voir la semaine prochaine, je te préviendrai à temps.

Ils rirent de bon cœur, mais la curiosité de la vieille dame n'était pas tout à fait rassasiée.

— Tu dois croiser des filles honnêtes dans ton métier...

— Comme partout, peut-être un peu moins qu'ailleurs.

— Et il n'y en a aucune qui te plaît ?

Au point où il en était, David ne tourna plus autour du pot.

– Si. La nouvelle de la météo que tu trouves si bien. Nous étions ensemble à l'école de journalisme. J'étais amoureux d'elle, mais c'était à sens unique. De toute façon, nous sommes fâchés maintenant.

– Tu n'as pas à regretter, David. Cette fille, elle n'est pas assez bien pour toi. D'ailleurs, elle vit une romance avec le speaker qui présente les actualités sur la une. C'est dans *Télé 7 jours* cette semaine.

Puisque tout foutait le camp, autant accélérer le mouvement.

David était ainsi, sensible et sentimental.

Alexandra lui échappait désormais totalement, elle vivait télé, pensait télé, aimait télé, c'était manifeste. La claque était magistrale, il se dit que c'était le moment d'en prendre une autre, douleur pour douleur, autant faire un lot, de toute façon, il avait mal.

Il parla à sa moto comme à une vieille comparse, lui demanda, si elle n'y voyait pas d'inconvénient, de le conduire chez Eve Dubois.

En avalant le bitume avec souplesse, il pensa qu'elle n'avait plus donné signe de vie depuis plusieurs semaines, lui avait demandé de ne pas l'appeler. Un jour, peut-être, se manifesterait-elle.

Il avait respecté sa volonté mais revendiquait maintenant son droit de savoir. Si elle le jetait, elle le jetait, la situation s'en trouverait clarifiée.

Il vit de la lumière au troisième étage, sonna en bas de l'immeuble, plaqua sa carte de presse devant la caméra de surveillance. Un déclic, la porte s'ouvrit.

– Tiens, mon baroudeur préféré !

De l'escalier qu'il gravissait, il aperçut sa silhouette en déshabillé de satin blanc, il sentit ses tempes frapper leur affolement. Comment allait-il la saluer, il ne le savait pas, le temps écoulé semblait avoir remis le compteur de leurs relations à zéro.

Il voulut sa démarche souple sur les dernières marches, se sentit emprunté.

C'est alors qu'il la vit, de près. Qu'il vit son visage, les outrages. Une brutale douleur le guida, il ne se demandait plus, il embrassait éperdument les cicatrices, appliquait ses lèvres tout du long, il allait frénétiquement des pommettes à la base du cou, n'omit aucune parcelle de la peau mutilée.

Un moment, il repensa au baiser délicat qu'il avait déposé sur une autre joue quasiment zébrée à l'identique.

Quand il releva la tête, de l'eau salée les reliait. Elle était désespérée, il était bouleversé.

Pourquoi avait-elle fait ça, pourquoi s'était-elle ainsi punie ? Il imaginait son martyre. Il ne cessait de la serrer. Ils restèrent longtemps à se blottir dans leurs sanglots.

– Je ne supportais plus ce pile ou face, tu comprends ?

Il lui semblait que oui, il avait entendu parler de la puissance de la gémellité, de ce fil tendu entre deux semblables éclatés en deux corps distincts, de leur souffrance égale à distance, leurs ressentis similaires, la simultanéité de leurs réactions.

– Tu as fait ça quand ?

– Oh, ça a eu le temps de cicatriser un peu ! C'était le soir du casting.

– Tu y es allée ?

– Oui, mais je ne suis pas restée.

Un silence. Eve se remémorait, tenait à la précision du scalpel.

– J'ai compris que je ne pouvais pas lui infliger ça, qu'elle ne le supporterait pas, l'agression aurait été presque pire que la première. Alors que faire ? Je suis rentrée, j'ai pensé que la solution, la seule, si je voulais retrouver ma sœur, était de la rejoindre dans sa souffrance. Tiens, si j'avais pu, j'aurais téléphoné à l'agresseur pour qu'il s'occupe de mon cas...

David sourit, la trouve belle à en défaillir, malgré tout.

– Si tu veux tout savoir, j'ai descendu une bouteille de whisky et je me suis fait une ligne pour le courage. Et puis, il n'y avait plus qu'à. Tu sais, finalement, ce n'est pas si terrible.

117

Il ne restait qu'une question à poser, David le savait bien. Eve lui en laissait l'espace.

— Et tu as...

— Oui, mais je n'ai pas réussi à la joindre. J'appelle sans cesse depuis une semaine et ne tombe que sur son répondeur. Je suis très inquiète, David. Il faut que tu m'aides à la retrouver. Fais ça pour moi, s'il te plaît, au nom de...

— De l'amour ?

Il l'avait dit sans réfléchir, les mots étaient simplement sortis.

Eve ne répondit pas, pas directement.

— Tiens, au fait, tu diras à la jeune femme qui remplace ma sœur à la météo qu'elle est vraiment impeccable.

— Salut, Anna ! C'est Alex.

Elle reçut un sifflet admiratif en retour.

— La nouvelle star prend donc encore le temps d'appeler ses vieilles copines...

— Ne te fous pas de moi ! Je n'ai pas eu une seconde ces dernières semaines et avec mes nouveaux horaires, je ne te croise plus.

— Oh, je comprends parfaitement ! Le coiffeur, l'esthéticienne, les essayages, les photos, les interviews, ça doit occuper ! Tu trouves encore le temps d'appeler Météo-France ?

– Anna, s'il te plaît, pas toi !

Mais Anna était lancée.

– Et en plus, il faut garder des moments pour roucouler ! Félicitations, vous formez un couple admirable ! Moderne, médiatique, emblématique. Tu me mets de côté un bristol ?

– Ça y est ? Tu as terminé ?

– Si moi, je ne te moque pas, qui le fera ? Certainement pas ceux de ta cour. A propos, il paraît que Fauré est très content de toi. Il raconte partout qu'il t'a formée, il parle de toi comme de sa chose. Les sondages qualitatifs sont excellents. Tu plais à la fois aux mamies et aux jeunes. Tu es fédératrice, ma vieille !

– Et toi, comment ça va ?

– La routine, Alexandra, la routine. J'ai pris trois kilos à force d'ennui, mais faut pas se plaindre. Je pourrais être une vedette de la télé et me retrouver un jour défigurée par un cutter.

– Pourquoi tu dis ça ?

– Pour rien. Ou plutôt si. J'ai fait un mauvais rêve il y a quelques nuits.

– Raconte !

– Tu es sûre ?

– Oui, raconte.

– Eh bien, l'agresseur faisait reparler de lui et s'en prenait à toi. Fais attention, Alexandra, j'ai un mauvais pressentiment. Tu es une cible trop idéale en ce moment. Tu remplaces France Dubois, tu es une nou-

119

velle tronche à la télé. En plus, tu t'affiches avec de la Hurière, je n'aime pas ça.

Anna sentit qu'Alexandra lui en voulait de noircir le paysage idyllique, mais qui d'autre qu'elle pouvait lui parler de la sorte ?

Alexandra se sentit effectivement plus contrariée qu'elle ne l'aurait cru ou souhaité. Elle tenta de se faire une idée précise et objective de la situation, ça n'allait pas de soi pour cause de tourbillon.

Honnêtement, elle n'avait pas l'impression d'avoir été changée par la nouvelle donne. Elle ne faisait que fournir aux gens une information certes essentielle, le temps qu'il ferait le lendemain, mais franchement, pas de quoi se relever la nuit, ce n'était même pas glorieux du tout.

Parfois, elle repensait à ses cours de sciences politiques. A l'époque, elle passait des heures plongée dans *Le Monde diplomatique*, à l'époque, elle ne s'imaginait pas immergée dans Le Monde météorologique.

Elle s'était contentée de saisir une opportunité ; un de ces jours, il allait lui falloir en sortir.

Non, vraiment, se disait-elle, c'est le regard des autres qui a changé, comme aveuglé par la lumière. On la scrutait davantage et les imperfections s'étalaient au grand jour. On lui reprochait des travers jusque-là passés inaperçus, avant, elle n'intéressait personne.

120

Même les craintes d'Anna lui paraissaient exagérées, sans doute l'effet loupe. Elle n'avait pas peur, elle l'attendait de pied ferme, l'agresseur ! Qu'il vienne, elle lui montrerait de quel bois elle se chauffait ! Championne d'Ile-de-France junior de karaté, voilà sur qui il allait tomber ! Viens te mesurer, si tu es un homme ! Elle se mit en position de combat, luttant contre un ennemi imaginaire.

La sonnerie du téléphone signa la fin des hostilités, elle décrocha, un peu essoufflée.

– Alexandra, c'est moi !

– Mais tu es fou, il est moins sept !

– Et alors ! J'ai le temps. Je pensais à toi, je voulais juste t'embrasser.

– J'apprécie. Vas-y, maintenant, ça ferait bizarre de voir un fauteuil vide au début du journal.

– Tu me regardes ?

– Non, tu sais bien que je préfère la concurrence !

Michel de la Hurière n'apprécia que modérément, l'humour n'était pas son point fort, Alexandra le savait et en profitait. Elle en rajouta :

– Et puis je te vois suffisamment dans mon lit !

– Je te laisse, j'ai encore les titres à dicter. A tout à l'heure !

– Non, Michel, je t'ai déjà dit que ce soir, je ne pouvais pas.

Elle lui résistait, la garce ! Il décida de la rendre folle de lui.

121

Alexandra raccrocha. Elle allait s'accorder quelques heures pour elle, d'abord, un bon bain.

Alanguie dans l'eau chaude, elle se demanda pour la première fois ce qui pouvait bien l'avoir poussée à accéder aux avances de la star de l'info.

D'habitude, elle ne se posait pas la question, laissait parler les humeurs de son corps, avoir envie ou pas, ainsi se posait l'alternative.

La Hurière lui avait plu, point barre. Elle se fichait bien d'avoir dans son lit l'homme le plus regardé de France. Elle éclata d'un rire enfantin en pensant qu'il faisait caca, comme tout le monde.

Elle le trouvait prévenant, il choisissait de bons vins au restaurant, ne ronflait pas, était un amant dans la bonne moyenne. Parfois, il considérait un peu trop ouvertement l'effet qu'il lui faisait, mais on ne refait pas les hommes tout à fait. Pour l'heure, elle le trouvait à sa convenance, quand elle se lasserait, c'était simple, elle le laisserait.

Elle refit couler de l'eau chaude, se frictionna le corps au gant de crin et plongea dans une somnolence délicieuse.

Elle se prélasse dans un lagon des Caraïbes, le soleil lui lèche le visage, elle s'est fait un chignon pour ses cheveux encore longs, elle est nue dans l'eau claire, sur la plage infinie retentit une sonnerie.

Alexandra rouvrit les yeux, on sonnait effectivement à la porte. Elle sortit de son rêve et de son bain avec regret, qui pouvait bien venir à cette heure-là, elle se lova dans un peignoir, observa la trace de ses pieds mouillés sur le parquet, ouvrit la porte et poussa un cri d'effroi.

– Tu m'as fait peur !

Michel de la Hurière venait de retirer sa cagoule noire de motard.

– Quelle heure est-il ? Et puis, qu'est-ce que tu fais là, d'abord ?

– Il est vingt et une heures. J'ai bombé pour te retrouver, j'avais trop envie de te voir.

– Je t'avais pourtant dit...

Une bouche fiévreuse collée sur la sienne la fit taire. Il la souleva de terre, la porta jusqu'au sofa, fit glisser son peignoir, s'allongea sur elle, fit coulisser sa braguette et la prit violemment.

Alexandra cria, le cri de quelqu'un qu'on égorge. Elle se réveilla en pleurs, passa une main sur sa gorge qu'elle fut surprise de découvrir intacte. Elle revécut avec précision l'agression qu'elle venait de subir, c'était ainsi depuis toujours, ses rêves lui éclataient au grand jour le matin venu, dans leur brutale ou vaporeuse réalité, ils lui étaient livrés tels quels, elle aurait pu en tourner des kilomètres de bande. Leur caractère était rarement prémonitoire, c'était simplement une autre vie, parfois plus trépidante que la vraie.

Elle resta un long moment ainsi allongée, le corps en apesanteur, l'esprit en ébullition...

La maison était silencieuse, elle réalisa seulement l'absence de Michel de la Hurière. Où était-il passé ? Elle l'imagina suant à petites foulées sur les quais de la Seine, mais non, à l'heure qu'il était – dont elle ignorait tout, c'était son luxe des matinées du week-end –, il enregistrait probablement ses bagages distingués pour une destination avantageuse. Ça lui revenait maintenant, dans la nuit, il lui avait proposé de l'accompagner à Venise, elle avait décliné sans prétexte particulier, il avait eu la bonne idée de ne pas insister. Sans doute une autre s'était-elle pendue à son bras dans la seconde, la star du 20 heures avait une peur bleue du vide.

Elle se leva et constata que sa gorge la chatouillait. De nuit, on l'avait égorgée, de jour, elle semblait couver la grippe.

Un regard jeté dans la rue lui apprit que son sommeil n'avait pas été le seul agité, sur le pavé luisant, une femme se battait avec son parapluie emporté à rebours par le vent.

Alexandra frissonna, enfila un pull et fit chauffer la bouilloire. Elle allait se soigner aux petits oignons, thé au citron et au miel, supports énergétiques, puis elle retournerait se lover sous la couette toute la journée, la nuit aussi, même chose le lendemain. Ça tombait bien, elle n'avait rien de prévu, elle adorait déjà.

– Je suis sûre que c'est lui, je le soupçonne depuis le début.

La jeune femme reposa un instant le polar qu'elle lisait à bout de bras, la tête surélevée par deux oreillers, pour examiner la probabilité de ses soupçons. C'est alors que le téléphone sonna. Elle en fut instinctivement contrariée, l'extérieur s'invitait sans formalité, elle décida de laisser le répondeur s'occuper de l'intrus.

Mais la sonnerie insistait, la machine n'était pas branchée, elle décrocha pour avoir la paix.

– Oui, allô !

– Alexandra Sadoul ?

– Elle-même. Qui est à l'appareil ?

– Vous ne me connaissez pas. Enfin, pas directement. Je suis France Dubois.

Alexandra se redressa brusquement sur son lit, ne sachant pas très bien comment enchaîner.

– Oui, bonjour. Vous allez b..., euh, que puis-je faire pour vous ?

– Il faut absolument que je vous parle. Dans une heure, c'est possible ?

– Bien sûr, à quel endroit ?

– Ecoutez, ne me posez pas trop de questions. J'aimerais venir chez vous si c'est possible, vous êtes seule ?

– Oui, oui, tout à fait seule. Je vous attends, à tout à l'heure.

Alexandra s'apprêtait à raccrocher, il fallait qu'elle réfléchisse, qu'elle se prépare, vite, l'événement venait de la faucher dans sa léthargie, elle était déjà ailleurs quand elle entendit que France Dubois lui parlait encore.

— Pourriez-vous me donner votre adresse, s'il vous plaît ?

David contempla le ciel désormais nettoyé, il buvait le demi du travail accompli. Il venait d'envoyer son reportage en bidouillant le téléphone de ce bar-tabac qui ne désemplissait pas. Les gens se racontaient leur tempête de la nuit, chacun avait quelque chose à en dire.

Les pompiers avaient secouru des réfugiés sur les toits, vidé des caves inondées, rassuré aussi des sinistrés de l'angoisse.

On avait relevé un mort, un retraité écrasé par la chute d'un arbre sur sa voiture flambant neuve.

David avait été tiré de son premier sommeil par un coup de fil du permanencier du bocal, ce point névralgique de toute rédaction en liaison permanente avec ses envoyés spéciaux. L'homme veillait de nuit, chaque samedi et dimanche, sur la bonne marche d'un monde essentiellement assoupi, il tuait de longues heures en parties de solitaire sur l'un des ordinateurs de la rédaction et maugréait quand la sonnerie d'un urgent l'obligeait à interrompre sa bonne fortune pour prendre connaissance d'un drame présumé.

Neuf fois sur dix, on le dérangeait pour un résultat sportif aux antipodes, un car versé dans un ravin au Bangladesh, beaucoup de victimes si loin ne valait pas tripette, du coup, la vigilance du gardien des nouvelles nocturnes s'en trouvait considérablement émoussée.

– Divarovitch, c'est Lambert. Tempête. On signale des dégâts dans les Yvelines. Grouille, on n'est pas en avance !

David avait compris que Lambert n'avait pas spontanément pris conscience de l'importance de l'événement. Il n'avait pas intérêt à traîner.

Il s'était contenté d'un Nescafé qu'il avait laissé refroidir le temps d'une douche éclair, replongé dans ses vêtements de la veille, s'était interdit de penser à Eve épanchant sa douleur sur son col, avait attrapé son Nagra et filé.

Il s'était retrouvé dans une rue hostile, s'était accroché sur l'autoroute détrempée tandis qu'il tentait au téléphone d'extorquer quelques précisions à un Lambert de plus en plus largué.

La course était lancée, contre la montre et les autorités réticentes.

– Fontenay-le-Fleury, David Divarovitch, pour La Publique.

Les pieds dans l'eau, David avait multiplié les directs dans les flashes de la matinée puis il s'était installé dans un coin du café pour monter, à même le Nagra, les témoignages qu'il avait recueillis. Il les avait enrobés du récit, précis, clinique, des faits tels qu'ils lui étaient apparus.

La longueur de la bande de chute gisant sur le sol témoignait du boulot abattu. Ne restait plus qu'à envoyer son « paquet-cadeau » à la rédaction, il inspira et attaqua son décompte : « 5.4.3.2.1... zéro... » Il signa son reportage, un de plus, un de moins.

Il consulta la grosse pendule publicitaire qui trônait au-dessus du patron et sut qu'il était dans les temps pour respecter le déjeuner hebdomadaire chez sa grand-mère. L'eau n'allait pas sécher en une heure.

La main s'est réveillée la première, elle évalue les dégâts. Sous ses doigts, une plaque de peau qui suinte. La nuit a encore été meurtrière. Aller voir si c'est pire qu'en braille.

Les yeux mi-clos redoutent le verdict du miroir. Anna se jauge comme elle regarde un film d'horreur, vouloir voir sans pouvoir regarder tout à fait. Puis son regard s'ouvre complètement sur sa nouvelle désespérance. Son menton est à vif, labouré par des ongles pourtant à ras. Dans son protocole menant au coucher, Anna se lime les ongles puis se lave les dents. Au moins a-t-elle de bonnes dents.

Elle soupire en sachant qu'elle en a pour deux bonnes semaines de cicatrisation.

– Ben, Anna, qu'est-ce qu'il t'arrive ?

– C'est rien, je me suis coupée en me rasant.

Elle a appris, depuis le temps, à désamorcer la curiosité des autres.

Elle se recouche et pose la voix près de son oreille droite. Anna n'écoute la radio que sur un transistor qui la suit dans tous ses déplacements, de la cuisine au salon, du salon à la chambre.

« Un mort dans la tempête qui s'est abattue sur les Yvelines cette nuit. Il s'agit d'un homme âgé d'une soixantaine d'années qui a péri écrasé par la chute d'un arbre sur sa voiture. Des dizaines de maisons ont été inondées et évacuées. Les pompiers du département ont été submergés d'appels... »

– Ça, c'est le mot qui convient !

« ... tout de suite, le reportage sur place de notre envoyé spécial, David Divarovitch... »

Anna apprécia la force du récit pourtant construit sur des mots simples. Par contraste, elle se demanda une nouvelle fois pourquoi les journalistes employaient toujours les mêmes formules, fabriquées et prévisibles. Peut-être sortaient-ils de l'école de journalisme munis d'une trousse à expressions, ou quelque chose de la sorte.

Il lui revint un souvenir de son passage à Votre Radio : consigne avait été passée à tous les gens de l'antenne, il était interdit de prononcer le mot « pavillon ». Votre Radio se voulait la radio des cadres, le mot « pavillon » renvoyait à la classe d'en dessous, l'employer revenait à insulter le cœur de cible.

La jeune femme secoua la tête en y repensant puis elle eut envie d'un croissant, envie de se soigner. Elle s'enveloppa en bédouine, descendit à la boulangerie et en profita pour faire un crochet par le kiosque à journaux.

La tempête ne faisait pas la une, c'était la limite des quotidiens, cet espace de fabrication où venaient parfois se loger quelques drames. Le matin, ils risquaient ainsi d'apparaître rassis, comme ce croissant qu'elle mangeait en grimaçant, décidément, il fallait qu'elle change de boulangerie. Les quotidiens du matin détestaient la nuit, celui du soir la fin de matinée et le début de l'après-midi. Tant pis pour la fraîcheur, restait le tam-tam du monde.

Elle alluma une cigarette et scruta les unes, vue d'ensemble. Une tasse de café achevait le bien-être du moment.

Anna lisait un quotidien comme on part en balade dans la rue, sans itinéraire ni a priori. Parfois, elle passait du temps sur une petite annonce, se faisant un film de cette bouteille lancée publiquement à la mer.

Secrètement, elle espérait, un jour, tomber sur un message lui étant destiné. Son mal de vivre ne l'empêchait pas d'aimer la vie dans sa matière brute et poétique. Tombée sur la une de *France Soir*, son voyage se trouva un but : la page 15.

Une page sans prétention, ni la une ni la der, ni l'ouverture, ni le gros dossier, une page dépourvue de la moindre colonne insolite ou d'encadré à clé. Non, le genre de page apparue à l'improviste, sans bruits de trompette.

« Des nouvelles des balafrées de la télé. » Titre efficace, tout était dit. Rien ne l'était en réalité, elle s'y plongea.

Anna ouvre le journal en grand, fait de la place, l'étale sur la table, se ressert du café et se penche en haut à gauche.

David Divarovitch déjeune avec sa grand-mère qui n'a rien entendu de la tempête.

Alexandra Sadoul attend France Dubois, nerveuse.

Le Lambert du bocal va se coucher.

Eve Dubois dort encore, sous cachets.

James Chardonne prépare sa tenue de golf.

Alain Mercier se recueille sur la tombe d'Elvis à Memphis.

Rossi s'est levé tôt.

L'ancienne stagiaire du service société récupère de la cruauté du monde dans une cure de sommeil.

Sonia Stem, dans sa famille.

Amélie Millet, dans sa famille, juste sa mère.

Anna lit le papier qui l'intéresse.

« Sonia Stem s'en tire bien. » Anna sourit en estimant la relativité du titre. Elle jeta un coup d'œil à la photo, la chroniqueuse souriait à l'objectif, l'air éthéré, c'était au temps de l'immaculé.

La deuxième victime de la série travaillait désormais au service abonnés de Télé Lolo. On lui avait proposé une place aux commentaires d'images, mais elle n'avait pas de voix.

Elle racontait au journaliste comment, un temps, elle avait enduré les regards des autres, puis tout le monde s'était habitué, les autres et donc elle. Elle ne redoutait que les nouvelles rencontres qu'elle limitait au maximum. Elle s'était fabriqué un itinéraire balisé dont elle ne s'écartait jamais.

L'article se terminait quand même sur une fin heureuse, des retrouvailles amoureuses avec un fiancé d'adolescence. Apprenant son drame, il avait retenté sa chance, lui jurant son amour toujours intact.

– Pauvre fille ! traduisit Anna. Elle en est maintenant réduite à supporter quelqu'un qu'elle n'a jamais aimé, elle n'en est plus à avoir le choix.

Elle remplit à nouveau sa tasse, se sentit prête à compatir sur son propre sort, elle savait combien un visage mutilé pouvait tout gâcher, elle l'avait éprouvé.

Ses doigts vérifièrent à nouveau les dégâts de la nuit,

puis elle se ressaisit et se pencha sur le cas d'Amélie Millet.

Sa vie d'après l'agression procédait exactement du mécanisme inverse. La jeune femme s'étonnait surtout de la gentillesse des gens, elle avait reçu des milliers de marques de sympathie de la part de parfaits inconnus, elle avouait en être encore baba, on sentait bien qu'elle n'avait pas toujours été à la noce, les plus touchantes de ces lettres s'empilaient sur sa table de nuit, elles lui avaient servi de levier pour remonter la pente.

Amélie n'était pas retournée à Clips TV qui ne lui avait d'ailleurs rien proposé, il lui fallait refaire définitivement surface, elle s'accordait du temps pour cicatriser, blessures et âme.

— T'as raison, petite, pense à toi ! commenta Anna.

Quand elle voulut passer à la troisième de la sanglante liste, elle tomba sur du vide. Tout juste était-il précisé dans le chapeau que France Dubois avait totalement disparu de la circulation.

Anna fit courir des doigts impatients sur son visage. Volatilisée, France Dubois ! Même les fins limiers de *France Soir* n'étaient pas parvenus à la localiser.

Anna soupira. Il n'était tout de même pas compliqué d'aller demander des nouvelles de France à sa sœur jumelle !

Le savoir-faire, décidément, se perdait dans ce métier.

133

David ouvrit la porte sur une odeur de propre. Chaque samedi en rentrant, il était saisi par l'art qu'avait Maria de faire le ménage. Elle savait précisément où intervenir en respectant les zones interdites, réglait les petits problèmes avec ingéniosité et sans demande spécifique. Elle naviguait entre les caleçons et les chaussettes du garçon, ses canettes vides et sa baignoire sale.

David libéra les gaz d'une bouteille de Coca, sortit de son sac un livre de poche fatigué, s'installa sur la banquette en louant la veuve portugaise qui côtoyait son intimité une fois par semaine sans en abuser.

L'ironie de la situation lui sauta au visage : sa femme de ménage était actuellement la femme qui partageait sa vie, sporadiquement, en douce, sans qu'il la croise jamais.

D'une idée l'autre, il se retrouva aux côtés de celle qu'il s'était employé toute la journée à repousser de son esprit. Jamais pendant le travail.

Eve, son sens du tragique et de la vie consumée, il éprouva pour elle une admiration qu'elle n'aurait pas aimée.

La nuit dernière, il était parvenu à lui faire jurer de partir se reposer chez des amis aubergistes dans le Sud-Ouest ; il tenterait pendant ce temps-là de retrouver sa sœur jumelle dont nul n'avait eu de nouvelles.

Il se força à replonger dans son livre, n'y parvint pas et se releva pour vérifier les batteries de son téléphone portable. Statistiquement, il était assez rare d'être dérangé deux nuits de suite quand on était reporter d'alerte, mais l'expérience de David lui avait aussi appris que la négligence n'aidait pas à la chance.

Il se rassit, rassuré, pour constater que décidément, il n'avait pas la tête à lire. Il opta pour une douche, le jet violent sur son torse lui confirma qu'il avait eu raison.

Sa chevelure énergiquement séchée, il noua une serviette sur ses hanches et sortit de la salle de bains. C'est à ce moment-là qu'il entendit sonner à la porte.

Alexandra tourne en rond, parcourt pieds nus les pièces de son appartement, elle ne devrait pas mais est à mille lieux désormais de son état de santé.

Elle tente des hypothèses, aucune ne lui paraît plausible.

Pourquoi France Dubois n'est-elle pas venue ? Dix-neuf heures passées, elle ne viendra plus. Alexandra traque la logique. A quoi rimait d'appeler pour finalement renoncer ?

Un obstacle de dernière minute, un danger peut-être !

Un frisson la saisit. Là, tout de suite, si ça se trouve, France Dubois a besoin d'aide.

Alexandra réalise qu'elle aussi.

Face à elle-même, elle rend les armes, se demande

si tout ça a un sens. Elle a gagné en notoriété mais perdu en tranquillité. Perdu David. Perdu ses repères. Perdu au poker. Elle avait misé, pour voir, elle a vu qu'il n'y avait rien de jubilatoire à être vue. Trop tard.

Elle aimerait parler à quelqu'un, de tout, surtout de rien. Se soûler dans un bar sans craindre les regards.

Elle décide de sortir se cogner à la vie.

Elle enfile un pull supplémentaire, se recoiffe brièvement à mains nues devant le miroir, saisit son imper et fait claquer la porte.

Dehors, elle se heurte à un landau, bredouille des excuses et s'élance attraper le bus qui passe. Essoufflée, elle composte son billet et s'affale sur le siège derrière le conducteur. Là, elle peut voir le spectacle de la rue sans être vue.

L'atmosphère porte déjà les prémices du samedi soir, cette folie compulsive qu'elle exècre.

Alexandra ne sait pas où elle va, laisse faire le bus dont elle ne connaît pas l'itinéraire. Juste nourrir le temps en tentant de laisser percer quelque lumière. Elle ne comprend rien, assommée par l'emballement de ce quotidien qui lui échappe.

Soudain, elle se souvient qu'elle est connue, susceptible d'être reconnue. Saisie d'un moment d'effroi, elle vérifie qu'on ne la regarde pas. Elle se le reproche aussitôt, craint d'être tombée sur un symptôme.

On ne passe pas à la télé impunément. On ne passe

pas à la télé impunément. Personne ne vous prévient, avant, qu'on ne passe pas à la télé impunément.

Dans la rue, un homme enlève son casque au pied d'une moto et apparaît en cagoule noire. Alexandra tressaille. Se heurte au visage tailladé de France Dubois tel qu'elle se l'est tellement souvent représenté. Elle a froid.

L'arrêt brusque du bus lui fait lever le regard. En une fraction, elle réalise qu'elle est en bas de chez David.

— Attendez !

Je n'attends personne. Il n'attend personne. Torse nu, il s'interroge. Récapitule en un éclair. Il est d'alerte, certes. Aucun rapport. Eve a pris de puissants somnifères. Peut pas être elle. Qui alors ? Un voisin envahissant ? Pas envie d'ouvrir, rester tranquille. On sonne encore. Va falloir y aller.

« Tiens, le code me revient automatiquement. » Alexandra compose le code sans une hésitation, entend le déclic, pousse la lourde porte. La lumière, à droite. Le hall hostile et l'ascenseur glacial. Cinquième. Les portes en métal se rejoignent en grinçant, commence l'interminable.

Il faut qu'il m'écoute. Il le faut ou je suis foutue. David, j'ai besoin de toi.

Imperceptiblement, elle s'est retournée vers le miroir, une lumière blafarde lui renvoie comme une balafre, un abîme au fond d'elle.

L'appareil hoquette et se stabilise. Elle pousse la porte avec son dos, se retrouve devant la porte de David, elle inspire de tout son corps et sonne.

David renoue la serviette et ouvre la porte. Alexandra commence à désespérer qu'il n'ouvre jamais.

Il la voit, petit chat sorti d'une rixe.

Elle le voit, elle n'imaginait pas son torse si sculpté.

Ils s'évaluent.

Lequel des deux a bougé le premier ?

Ils n'ont pas parlé, aucun son n'est sorti.

Ils se sont serrés, sont restés comme ça, encastrés.

Il lui a pris la main, l'a menée sur le canapé.

Alexandra a posé la tête sur ce buste étonnant, David a caressé cette chevelure qu'il savait soyeuse.

C'est un film muet.

David finit par frissonner.

– Couvre-toi, les températures vont chuter dans la nuit à cause d'un vent froid venu d'Irlande, on risque de descendre en dessous des normales saisonnières et...

– D'accord Miss Météo !

Alexandra s'est assurée de ne pas déceler d'ironie dans le regard noisette et a explosé de rire, reprise en écho par David.

Leurs visages occupent tout l'espace, désormais. David scrute ce territoire connu comme on revient dans le village de son enfance. Il faudra qu'elle lui dise ce qu'il ne sait pas.

Lequel des deux y a pensé le premier ?

Leurs yeux ont quitté les autres yeux, les regards se sont posés sur les lèvres d'en face.

David n'imaginait pas pareille douceur. Alexandra laisse échapper un petit gémissement.

Il embrasse avec la délivrance de celui qui n'y croyait plus.

Elle se fond dans cet espace chaud et accueillant.

Ils ne font que ça, s'embrasser.

Longuement, ardemment, s'arrêter serait comme mourir.

– Tu sais, David, je ne voulais pas...

Il a posé un doigt sur ses lèvres, elle le gobe et l'embrasse.

Le geste le gêne, il s'en sort par une diversion.

– Surtout, ne bouge pas ! lui lance-t-il en se levant.

Alexandra sourit en pensant que ça ne risque pas.

Il enfile un tee-shirt, se glisse un stylo sur l'oreille, attrape un bloc.

– Et pour la dame, ce sera quoi, thé, café, vin, champagne, Coca ?

Elle fait mine de réfléchir.

– Euh... champagne et cigarette, c'est possible ?

– Avec la maison Divarovitch, tout est possible, ma jolie. Installez-vous confortablement, je suis à vous tout de suite.

Les bulles lui délient la langue.

– Tu ne peux pas savoir le nombre de lettres que je reçois des Bretons ! Ils disent qu'on ne voit jamais leur région parce que je suis plantée devant. Faut bien que je me mette quelque part ! De toute façon, si ce n'est pas la Bretagne, ce sera l'Alsace, alors ! Y'a aussi un type qui m'envoie un mot tous les jours ! Il commente mes prestations et termine invariablement par cette formule : merci de m'apporter le soleil dans mon cœur !

– Et toi, ton cœur, il va bien ?

David n'a pas voulu, pas maintenant, pas comme ça, il voulait juste ponctuer la conversation, une relance réflexe.

Elle élude, prolonge ce temps pour l'heure désamorcé.

– Je peux aller me faire couler un bain ?

– Oui, bien sûr !

Merci Maria, merci d'être passée aujourd'hui !

Il l'entend chantonner. Même seul, il se cherche une contenance. Vérifie son portable. Range quelques journaux. Echoue à rester calme. Il met un disque. En préfère un autre, finalement.

C'est alors qu'elle apparaît les cheveux mouillés. Elle lui a piqué son vieux peignoir.

Eve Dubois sent sa tête prise dans un étau. Elle ouvre les yeux, se penche pour épancher cette soif insupportable, tombe sur une bouteille vide au pied du lit. Elle se lève péniblement, rejoint la cuisine à tâtons, se verse un verre au robinet.

Le son de la sonnette lui déchire les tympans.

– David..., articule-t-elle.

La porte s'ouvre sur un type qu'elle ne connaît pas.

– Bonsoir, je peux entrer ? lui demande-t-il sans attendre la réponse.

Eve subit, les cachets, une enclume, le brouillard.

Elle se voit lui offrir un whisky, le réalise tandis qu'elle s'en sert une sérieuse rasade. Elle distingue un visage, sent confusément un appendice bizarre sous sa bouche pâteuse.

Elle parle, elle sent bien qu'elle parle, les mots lui coulent, c'est un flot incontrôlable.

– Eve, concentrez-vous, je vous en prie, faites-le pour votre sœur, depuis quand ?

Elle a beau chercher, honnêtement, elle ne le sait pas, ne s'en souvient pas.

– Depuis quand, depuis quand ? Ça fait longtemps. Trop longtemps, une éternité de temps. Je ne supporte plus son absence, un morceau de moi me manque. Je

141

me suis fait ça (elle montre son visage outragé) pour la rejoindre à tout jamais.

Son regard s'absente. Une main posée sur son avant-bras vient la rechercher. Elle tressaute, considère ce visage qui lui fait face et déverse son désespoir dans le micro de Rossi.

— Je tente de joindre ma sœur depuis deux semaines sans succès. Elle a disparu. Je sens bien qu'elle est en danger. Bon, laissez-moi, maintenant. Je suis très très fatiguée.

Ils en étaient à réaliser qu'ils se devaient la vérité. Sinon, autant s'arrêter immédiatement, se quitter sur-le-champ. Ils n'en prenaient pas le chemin. Le moment était posé là, après le café du lendemain matin. La journée serait décisive, ils se connaissaient trop pour faire mine de.

Ils éclatèrent de rire. Décharge nerveuse de part et d'autre. Leurs phrases d'approche venaient de se télescoper. David prit les devants pour éviter une ridicule récidive :

— Je suis, enfin, j'étais, disons que je suis proche d'Eve Dubois.

Alexandra tenta de réagir.

— S'il te plaît, laisse-moi terminer, c'est déjà suffisamment compliqué. Je vais tout te raconter mais laisse-moi aller au bout.

Elle acquiesça d'un simple mouvement des paupières qu'il adora.

— Je reprends au début. Un jour, chez ma grand-mère, je suis tombé sur un vieux numéro de *Télé 7 jours* dont France Dubois faisait la une. Je te parle de ça, c'était quelques jours après l'agression dont elle avait été victime. La pauvre luttait encore contre la mort. Tu te souviens, l'épisode t'avait marquée (hochement de tête), je n'ai jamais su exactement pourquoi. (Silence respecté, une promesse est une promesse.) Mais je m'égare. Bref, l'article présentait sa sœur jumelle, Eve. J'ai retrouvé ses coordonnées, elle a accepté de me recevoir et même de témoigner au micro. Elle m'a tout raconté, leur mimétisme de toujours puis leur brouille, du jour au lendemain. Je n'ai jamais diffusé d'ailleurs, trop intime.

David marque un temps, il ne cherche pas le suspense, mais l'exactitude des faits, il y tient, c'est comme être fidèle à lui-même.

— Elle m'a ému, faut croire. La nuit suivante, je te raconte ça, c'est idiot mais tant pis, je te le dis comme ça s'est passé, j'ai rêvé d'elle. D'elle et moi plus précisément. Je ne te fais pas de dessin mais c'était très érotique. Je l'ai appelée. Nous avons fait l'amour. Sans lendemain, croyais-je. S'est alors enclenché un double chassé-croisé qui m'a rendu fou.

Encore un temps. Il évite de la regarder. Il sait qu'il

ne devrait pas lui dire ce qu'il s'apprête à lui dire. Mais calculer ne l'intéresse pas.

— Alexandra, je suis tombé amoureux fou de toi dès que je t'ai rencontrée et notre amitié n'a rien démenti. Toi, tu ne m'as pas vu, pas comme ça. Je respecte. Mauvaise inclinaison du soleil. (Il la voit à présent boire ses paroles.) A la longue, je ne t'ai plus espérée, la seule chance de te connaître m'apportait beaucoup, pas assez mais déjà beaucoup. Je m'en serais voulu de gâcher ça. Comme dirait ma grand-mère, apprécie ce que tu as, le temps que tu l'as. Variante les jours de grande forme : le mieux est l'ennemi du bien. Je ne sais pas pourquoi et d'ailleurs je n'ai pas envie de le savoir. Mon histoire avec Eve t'a remise sur orbite... Pardon ! Pardon pour l'élégance de la formule ! (Elle lui sourit, pour l'instant tout va bien.) Parce qu'elle m'a rappelé, Eve, contre toute attente. Elle avait manigancé un drôle de plan. Pour se rapprocher de sa sœur, elle s'était mis en tête de la remplacer à la météo.

— Alors, c'était elle la candidate mystère ? Ah, d'accord ! Pardon, je t'ai interrompu, continue !

— Oui, c'était elle. Sauf qu'au dernier moment, elle a renoncé. Depuis, elle a fait plus fort.

David se trouble. Alexandra tente de l'aider mais ne sait comment faire.

L'instant est tellement porcelaine.

— Elle s'est infligé le même traitement que celui subi par sa sœur.

D'un seul coup, Alexandra se souvient de l'appel de France Dubois, incroyable qu'il lui soit à ce point sorti de la tête ! Elle s'apprête à raconter à David mais ce n'est pas le moment, ils en sont à eux deux et c'est à elle.

– A toi !

Alexandra fait glisser sa chaise, se lève lentement et sort la bouteille de jus d'oranges du frigo. Elle constate le désert des compartiments, s'en attendrit intérieurement. Elle sert deux verres, boit une rasade et tente de choisir ses premiers mots. Les bons, les justes, ceux dont elle a besoin, ne sortent pas. Elle récuse des fausses pistes, elle sent qu'elle s'énerve et qu'elle rougit.

– Je ne sais pas par quoi commencer.

– Tu veux que je t'aide ?

– Je veux bien.

– Michel de la Hurière.

Ne pas tricher, c'est ne pas tricher.

– Merci de ton aide !

Elle l'a dit gentiment, sans acrimonie particulière. Elle répond :

– Michel de la Hurière, comment dire... Agréable, raffiné, intelligent. Et aussi égocentrique, orgueilleux et, par beaucoup d'aspects, pathétique. J'ai passé du bon temps avec lui sans l'once d'un sentiment. Je ne suis même pas certaine qu'il ait existé. Dans ma vie, je veux dire. Sinon, je te confirme qu'il présente bien le 20 heures chaque soir.

145

David apprécia l'emploi du passé dans le récit sans s'en contenter totalement.

– Et moi, là-dedans ?

Il y va. Il a besoin de savoir. Tâte le répondant. Qui ne tarde.

– Toi, je viens seulement de découvrir que je t'aime depuis longtemps.

– C'était quand ?

– Peu importe.

Il accepte. Il peut bien faire ça, d'autres discussions viendront.

– Alexandra, il faut aussi que je te parle du second chassé-croisé. Cela fait deux semaines donc qu'Eve Dubois tente de joindre sa sœur, en vain. Elle est très inquiète.

Alexandra sursaute et part dans l'aigu.

– David, je n'ai pas eu le temps de te le dire parce que, enfin bref, je pensais à autre chose, mais voilà, France Dubois m'a téléphoné hier en début d'après-midi. Elle voulait me voir, nous sommes convenues d'un rendez-vous chez moi dans l'heure qui suivait.

David, à son tour haletant :

– Et alors ?

– Elle n'est jamais venue. Je me demande bien...

Alexandra attrape son portable dont la sonnerie vient de l'interrompre.

– Allô ! hurle-t-elle, du ton de ceux que l'on dérange.

David se dit qu'il préfère être là où il est.

— On peut dire que tu as le chic pour tomber au bon moment, toi ! Tu n'es pas à Venise, d'ailleurs ?... Quoi ?... Non, je n'ai pas écouté la radio ce matin... Comment ça, comment ça se fait ? Non mais dis donc, depuis quand j'ai des comptes à te rendre ?... C'est ça, oui !... Non, on n'en parlera pas ce soir, on n'est pas près d'en parler, d'ailleurs. Tu sors de ma vie !

Elle raccrocha, David oublia ce vent qui tournait bien, intrigué par un détail de la conversation.

— Qu'est-ce qu'il y avait de spécial à entendre à la radio ?

— Pardon ?

Alexandra était encore sur la lancée de sa fureur.

David fonça vers la chaîne hi-fi, un pressentiment l'amena à appuyer directement sur la touche présélectionnée de Votre Radio.

« Voilà donc pour ce témoignage poignant d'Eve Dubois recueilli hier soir à son domicile parisien en exclusivité pour Votre Radio au micro de notre reporter Paul Rossi. A l'instant, une information judiciaire vient d'être ouverte pour disparition. Le ministre de l'Intérieur tiendra cet après-midi une conférence de presse sur l'affaire France Dubois, notre consœur de La Première déjà durement touchée par les événements. »

David se retourna vers Alexandra, elle lui tendait sa veste. Il lui fit jurer de l'attendre, il ne serait pas long.

147

Il pesta contre le faux calme du dimanche matin. Les rares voitures prenaient leur temps, ignoraient leur chemin ou en changeaient à l'improviste. Il manqua s'empaler contre un break familial dont les feux arrière restaient muets. Il mit moins de dix minutes à rejoindre les beaux quartiers mais pensa y passer une éternité.

Arrivé devant chez elle, il considéra le troisième étage comme si Eve allait l'attendre au balcon en lui faisant coucou.

Il sonna à l'Interphone, sachant déjà qu'il n'obtiendrait pas de réponse. Il songea à attendre l'arrivée d'un voisin ou d'un visiteur mais trouva la solution hypothétique, les temps étaient à la méfiance et au repli sur soi, on ne le laisserait pas entrer comme ça.

Il fit quelques pas pour réfléchir. Au coin de l'avenue s'affairait un fleuriste. L'idée valait ce qu'elle valait, il décida de tenter le scénario. Il revint devant le porche, sonna au hasard d'un nom qui l'inspirait.

– Bonjour ! C'est le fleuriste Des fleurs pour la vie, un bouquet pour vous !

– Deuxième étage !

Le déclic de la porte.

David se composa un visage angélique, salua poliment le locataire du deuxième qui attendait le livreur, la porte entrebâillée. Il s'obligea au calme en franchissant le dernier étage. Son doigt écrasa la sonnette d'Eve Dubois. Pas de réponse.

— Tu es inquiet ?
— Bien sûr que je suis inquiet, pas toi ?
— Si.

A la petite voix d'Alexandra, David sut qu'elle n'allait pas en rester là. Il braqua la télécommande, fit mourir l'image. Les JT du soir venaient de se repaître de la disparition de France Dubois qui souriait encore sur une diapo du passé.

Le grand barnum de l'information était relancé, des reporters apparurent en pied, la mine grave et le micro stérile devant le domicile de la disparue.

On n'apprit rien de particulier de cette grosse affluence journalistique dans le quartier, il s'agissait seulement d'y être, d'occuper le terrain sans avoir rien de déterminant à en dire. Le rebondissement était inespéré pour un dimanche soir habituellement ponctué de résultats sportifs et de petites phrases politiques. Les directs qui sonnaient creux laissèrent la place au rappel de l'affaire, des affaires, les deux autres balafrées furent à pareille fête, les destins des trois femmes resteraient liés à vie, le genre de récapitulatif à donner un goût de revenez-y à l'agresseur qui ne s'était plus manifesté depuis un moment.

Le ministre de l'Intérieur, invité en plateau sur La

Première (audience maximale assurée), annonça qu'une perquisition venait d'avoir lieu au domicile de France Dubois et aussi de sa jumelle pareillement introuvable depuis son témoignage diffusé le matin même sur Votre Radio.

David en était à se demander si Alexandra ne devait pas prévenir la police du coup de fil de France, mais après tout, rien ne prouvait que c'était bien elle et, surtout, il ne tenait pas particulièrement à voir Alexandra trop exposée. On n'en avait peut-être pas fini avec les agressions. La lumière des projecteurs constituait un phare de premier choix pour guider la main du fou furieux qui dormait tranquille, quelque part dans la ville.

Il en était là de ses réflexions quand retentit à nouveau la petite voix :

– Mais tu es plus inquiet pour France ou pour Eve Dubois ?

Elle le cherchait, il n'aimait pas.

– Tu me cherches, Alexandra, ou quoi ? La situation est suffisamment compliquée, je t'en prie, n'en rajoute pas.

Elle ne s'attendait pas à un tel ton, son tort avait toujours été de considérer David comme un gentil garçon, cela voulait dire inoffensif.

– Tu ne me parles pas comme ça.

Il était en train de leur servir un verre, il s'arrêta net et se retourna lentement.

Merci de votre attention

– Pardon ?

– Tu me parles autrement, je te dis. C'est bien joli, ton attitude à la Robin des Bois à deux balles, toujours à vouloir défendre la veuve et l'orphelin. Elle a bonne mine en l'occurrence, ta veuve, avec son visage ravagé ! J'ai quand même le droit de savoir si tu es encore amoureux d'Eve Dubois !

Il la tua du regard, attrapa son blouson et son casque sans un mot et claqua la porte.

Il ne s'était jamais senti aussi malheureux.

L'officier des douanes jeta un regard assoupi sur sa montre. Ce dimanche n'en finissait pas. Il maudit le tableau de service et pensa avec envie à sa bande de potes partis en virée. Il les imaginait écumant les bars et bandant leurs muscles devant des souris de passage.

Mécaniquement, il rendit le passeport qu'on venait de lui tendre sans un regard.

– Allez-y !

France Dubois attendit d'avoir passé le portique de sécurité pour se sentir sauvée. Mais non, elle n'était à l'abri d'aucun regard, elle alla s'enfermer dans les toilettes jusqu'à l'embarquement.

Elle ne croisa pas Alain Mercier qui arrivait au même moment par le vol AF 118 en provenance de Dallas, Texas. Ses quatre semaines à travers les Etats-Unis lui avaient fait le plus grand bien.

C'était pire, bien pire qu'avant, question de possibles, il était passé de l'état de revenant à celui de survivant.

Il ne voulait pas rentrer, risquer de tomber sur elle, risquer de composer, il ne savait pas le faire, était à prendre ou à laisser, en entier.

Ces deux journées de récupération tombaient à pic, David décida d'aller éprouver son chagrin au bord de la mer.

La voie est libre sur l'autoroute, ceux d'en face font du sur-place, partir en week-end et se relaxer, avoir à rentrer et s'énerver, aux premières loges, si ça se trouve, des dernières nouvelles à la radio. Penser que c'est le prix à payer. Vers l'ouest, ça roule.

David aime ce contre-courant, pousse sa machine au-delà du raisonnable, il sent son blouson possédé par le vent, voit les aiguilles s'affoler dans le rouge. Pense que les limites n'ont plus grand sens quand on se sent prêt à tout perdre. Et si l'irréparable surgissait, là, dans la seconde fatale d'un dimanche soir de novembre qui bascule à cause d'un rien sur une route qui mène à l'océan ? Comment ça fait quand surgit l'accident ? Est-ce aussi long qu'on le dit ? Y voit-on vraiment au ralenti, ou n'est-ce là qu'une coquetterie des metteurs en scène peu inspirés ? Et le mal, le mal quand le corps heurte le bitume, quel genre de mal ? Il réfléchit à ses grandes douleurs physiques, un vol plané au-dessus de son vélo, gamin, points de suture au niveau du front, petite cicatrice ad vitam, un poignet cassé au ski, rien de bien méchant, et c'est à peu près tout, pas d'opération, pas de maladie d'enfant.

Sa vue se trouble un instant tandis qu'il fixe le lointain horizon et que les lignes se mélangent. Il se fait peur mais a besoin de ce goût de sang dans sa bouche, il se voit sur un lit d'hôpital, le bras troué d'une perfusion et distingue une silhouette féminine penchée sur lui sans pouvoir lui donner un nom.

Ou alors, il serait mort et l'on n'en parlerait plus. Juste un peu, une crête d'émotion, le temps pour le spectaculaire de s'épanouir. L'hommage de sa rédaction en fausse ouverture du journal, une page dégoulinante, et puis basta.

Faire un break, maintenant. Il saisit au vol l'embranchement qui s'annonce pour la station-service, peu de temps pour décélérer, ça passe, pied hésitant sur le sol, il se sent fourbu, comme roué de coups.

Sandwich de caoutchouc et café exorbitant à la machine, il s'achète une brosse à dents, obéit à la force du quotidien.

Il est seul et, curieusement, là, tout de suite, il se sent bien.

Il tend son briquet à une forme qui lui demande du feu, n'a pas la force de soutenir une conversation.

Il y retourne, encore un peu de route.

155

Elle ressemble à une femme afghane, le visage ainsi emprisonné sous un foulard. Les autres semblent trouver l'enrubannement normal, ne s'y attardent pas spécialement, c'est la force du conditionnement télévisuel, la suprématie des codes véhiculés par les images faisant irruption dans les salons comme des virus.

ELLE DISSIMULE SON VISAGE SOUS UN FOULARD DONC ELLE EST AFGHANE DONC JE CONNAIS DONC JE NE FAIS PLUS ATTENTION.

José Bové arbore une moustache et fume la pipe, Yasser Arafat porte un immuable keffieh, Mike Jagger a une grande bouche pulpeuse, si ma tante en avait, tous jugeraient normal de la considérer comme mon oncle.

France Dubois imagine une grande braderie aux accessoires où l'on rhabillerait les figures de la célébrité en leur brouillant les codes, le chapeau de Mme de Fontenay sur le crâne d'Alain Juppé, les tailleurs de Roselyne Bachelot habillant le prince Charles, elle se revoit enfant aux petits soins pour sa poupée Barbie. Eve et elle se disputaient les accessoires.

Ça y est, elle pense à son double de naissance, mesure les dissonances, se demande comment elle réagirait si elle croisait Eve par hasard, ce serait comme se considérer dans le miroir du passé.

Là, sur le moment, alors qu'elle vole entre Paris et New York, elle ne se croit pas certaine de supporter l'affrontement.

Elle pense, car elle n'a que ça à faire, penser. Pourquoi part-elle ? Elle ne le sait pas bien, elle ne sait plus rien. Pourquoi a-t-elle appelé Alexandra Sadoul ? Pourquoi ne s'est-elle pas rendue au rendez-vous ? Où va sa vie ? Que peut-elle bien envisager avec son visage ravagé ?

La nuit, elle déguste. Revoit ce vis-à-vis invisible, cet agresseur de l'ombre, revit la douleur, le froid de la lame, le son de la peau qui se fend, sent l'odeur de son sang.

Ses sensations diurnes, aussi. Ne plus passer sa main sur son visage comme avant, éviter les reflets, frontaux ou même de biais, essuyer des sueurs froides à la vue d'un Photomaton.

Car avant, tout était bon pour entrer dans la cabine, fixer l'instant pour un oui ou pour un non, régler le tabouret de ses humeurs, glisser la pièce, imaginer des grimaces, des fulgurances de bonheur, des airs mutins ou moqueurs, attendre quelques minutes au-dehors, bercée par les promotions du jour au rayon frais, saisir la bande par son extrême bout, souffler dessus pour qu'elle sèche.

Elle les prenait, ces instantanés de petite qualité, elle les datait, en faisait collection. Pour montrer un jour quelle tête elle avait à cette période-là, pour se la montrer aussi à elle-même, les miroirs jamais ne restituent les vraies expressions.

Ou alors, elle les envoyait, les petites photos, signa-

157

tures visuelles au bas d'une lettre ou collage intempestif sur les agendas de ses amants, qu'ils pensent à elle, la semaine prochaine.

Au-dessus de l'océan, calfeutrée dans son foulard, elle fait défiler son destin. Rétrospectivement, les premiers temps n'ont pas été les plus insupportables. Le choc, certes, le mal, c'est entendu. Mais le temps, à force, avait fait fondre la compassion autour d'elle, on l'avait plainte, avant de passer à d'autres drames, d'autres riens.

Elle s'était retrouvée seule dans une vie dont elle ne savait que faire, vingt-huit ans, pas de mari, pas d'enfant, des parents décevants, une jumelle évaporée, plus de travail intéressant. Vingt-huit ans, défigurée.

Elle peinait à trouver un sens, c'est peut-être pour ça qu'elle volait vers un ailleurs comme on s'offre une toile ou une page blanche.

Là-bas, ils en voyaient d'autres, des obèses, des excentriques, des basanés, blacks, jaunes ou chicanos, des handicapés, des déments. Et ils semblaient faire avec.

Des lumières soudain de sortie dans la nuit, petit Vegas. Des yeux qui clignent et la tentation qui s'insinue.

Il n'avait pas vu les enseignes dégueulant leurs watts, il ne voyait pas plus loin que ses pieds aussitôt dénudés, sentir le sable sous la plante, émouvant, quoi qu'on dise.

De long en long ainsi déchaussé, il foulait l'immensité pour se refaire une virginité.

Au bout du bout, il fixa ce soleil artificiel qui se présentait là, cligna des yeux, et entra.

Le bruit l'assaillit, bruit de ferraille présumée qui émergeait du ouaté. Il ne vit d'abord que des gens de dos s'escrimant sur leur machine à la faire cracher.

Plaisirs solitaires, jeux de groupe, somme de chacun sa chance.

C'était exactement ce qu'il lui fallait, puisqu'il se sentait desesperado, il allait flamber.

Il changea un billet modeste, le prix du premier contact, porta son pot aux couleurs du casino dans les travées à la recherche d'une compagne de passage. Il en trouva une accueillante, pas farouche mais pas prétentieuse, elle semblait bien sous tous rapports, ils allaient passer un bon moment ensemble, il lui assurerait respect et courtoisie.

David s'installa, fit claquer son Zippo, glissa ses premières pièces dans la fente, actionna le levier d'un geste doux et attendit.

Elle semblait n'avoir rien ressenti, les trois figures s'immobilisèrent hors ligne de paiement, il ne se passa rien.

Il augmenta le rythme de ses sollicitations, toujours l'indifférence.

David se retrouva vite sans arguments, il bloqua la machine avec ses clés de moto et retourna à la caisse acheter du carburant.

Une demi-heure plus tard, il y était toujours, à la recherche de l'orgasme. La demoiselle commençait à se réchauffer, elle lui avait accordé quelques frémissements, un hoquet d'une poignée de pièces, mais il voyait bien que le cœur n'y était pas encore tout à fait. Il consomma un nouveau billet.

Il changea de technique et décida de lui parler. C'est important, les mots, ça rassure, ça encourage ! Mots tendres, mots de supplication, mots cochons ou miaulés, tout était bon.

Il menaça même de la quitter. Puisqu'elle ne voulait rien savoir, encore un coup, non, allez, encore trois coups, dernier mot, et il lui préférerait une autre, dernière tentative avant rupture.

Premier coup. Premier 7 sur premier rouleau. Deuxième 7 sur deuxième rouleau. Le troisième 7 s'échoua au-dessus de la ligne, c'était manifeste, elle le narguait. Deuxième coup. Nouvelle fortune frôlée de quelques centimètres, à quoi ça tient, quand même.

– OK. Puisque c'est comme ça, puisque tu le prends sur ce ton, écoute-moi bien, je ne te le redirai pas, je ne te le redirai pas car voici ta dernière chance. Je vais être extrêmement clair : soit tu m'adresses un signe, tu me signifies que tu n'es pas totalement insensible à l'effet que je te produis, tu exprimes un minimum, soit tu m'oublies et tu te fais fourrer par un autre, qui tu voudras, ce ne sera plus mon affaire.

D'un seul coup, David réalisa qu'il était en train de parler à une machine, en termes choisis, de surcroît. Il jeta un regard inquiet autour de lui, mais non, personne n'avait rien remarqué, il n'était entouré que de deux appareils délaissés.

Il jeta ses dernières pièces dans la bataille.

La machine à sous s'emballa, se cabra et s'immobilisa sur un jackpot. La jouissance fut loin de passer inaperçue, la comblée se mit à hurler et à clignoter de mille feux, le compteur semblait atteint de Parkinson, les chiffres défilaient, les pièces se bousculaient, d'autres joueurs accoururent, aimantés par procuration. Une lumière jaune s'alluma accompagnée d'une sonnerie stridente, le personnel était appelé à contribution, les réserves de ferraille à l'intérieur de la secouée ne semblaient pas suffire. David devint la sensation de l'assemblée, on lui apportait du champagne, on le félicitait, pour un peu, les clients se seraient regroupés pour le soulever de terre et le porter à bout de bras en signe de victoire.

Il y en avait pour une fortune. Un mois de son salaire de privilégié. Le photographe du casino se présenta pour immortaliser l'instant. L'image allait faire rêver dans le journal local, faire croire que c'était possible pour tous, qu'il suffisait de risquer.

Les regards envieux qu'il croisait mirent David mal

à l'aise, il imagina un moment rincer tout le casino mais finalement renonça.

C'était sa chance de malheureux en amour, elle ne se partageait pas.

Il prit une chambre dans le meilleur hôtel de la ville.

Il ouvrit un œil sur un champ de bataille. Les draps emmêlés témoignaient de son sommeil agité, il se demanda où il pouvait bien être, réalisa et revit le déroulement de la soirée.

Il sourit à la liasse de billets alanguis sur la table et s'assombrit en reconstituant son cauchemar de la nuit.

Ce n'étaient pas des 7 qui défilaient en rouleau devant ses yeux hypnotisés mais des visages. Visages étals ou ravagés, c'était selon, visage d'Eve ou d'Alexandra, c'était selon.

Deux jours, il ne s'était offert que deux jours pour décrocher, ne plus penser. A lui, à elles, à tout ça, ce mélo, ce magma, aux paroles d'Alexandra qui lui mettaient la rage, à l'outrage qu'Eve s'était infligé avant de s'éclipser comme sa sœur qu'il lui avait promis de rechercher.

Deux jours sur PAUSE, à penser à autre chose, et son inconscient qui venait le relancer...

Il alla laver l'effroi sous une douche et décida de rentrer à Paris. Il avait envie de voir sa grand-mère.

Ses coups au carreau restèrent sans réponse, il n'y avait rien à faire. Il tenta d'apercevoir âme qui vive en collant son regard en transparence, ses mains faisant écran à la luminosité, mais le petit appartement semblait avoir été déserté. Inquiet, il fit le tour, se posta devant la porte et cogna. Rien. Ses coups résonnaient dans le hall défraîchi de la HLM, il allait ameuter tout le quartier, il cognait toujours quand un bruit le fit sursauter. Une porte venait de s'ouvrir dans son dos, quelqu'un cria, il reconnut avec soulagement la voix saturée de sa grand-mère.

– Mais David, qu'est-ce que tu fais là, ça fait longtemps que tu frappes ? Tu aurais dû me prévenir.

David en était encore à se demander comment, quand il fut guidé d'une main ferme vers l'intérieur du domicile de la voisine.

– Madame Kaplan ! (Habituellement, elle l'appelait « la blonde » mais jamais devant elle.) Regardez qui est là !

La grosse bonne femme le serra à l'étouffer, prit un peu de recul et le détailla sous la moindre couture comme on fait d'un article qu'on envisage d'acheter dans une brocante. L'examen de passage sembla réussi ; satisfaite, elle débarrassa le paysage et courut à la cuisine accomplir sa tâche d'hospitalité.

David découvrit alors un petit homme assis à

l'extrême bout d'un fauteuil, tiré à quatre épingles dans un costume trois-pièces. Le mari de la blonde le salua l'air absent, les deux hommes restèrent un moment sans parler dans l'attente du retour du double ouragan.

– David ! (On hurlait depuis la cuisine éloignée de quelques pas.) Tu veux un bout de gâteau au fromage ?

– Oui, volontiers, madame, voulez-vous que je vous aide ?

– Pas du tout, mon garçon, repose-toi, tu dois être fatigué, ta grand-mère me raconte souvent comme tu travailles dur, n'est-ce pas, madame Divarovitch !

– Comment ?

– David, vous me parlez souvent de lui !

– Pardon ?

– Bon, ce n'est pas grave. David, dis-moi, sauf indiscrétion, les vedettes de la télé qui ont été victimes du maniaque, vous avez de leurs nouvelles ? Moi, j'aimais beaucoup celle qui faisait la météo, comment s'appelle-t-elle, déjà, Durand, Dupont, non, Dubois, qu'est-ce qu'elle devient, la petite Dubois, parce que, entre nous, sa remplaçante, pas à la cheville, elle lui arrive ! Ta grand-mère n'est pas d'accord, nous en discutons souvent, moi je suis désolée, mais la classe, on l'a ou on l'a pas, c'est comme ça...

Elle poursuivit en yiddish dans un monologue bruyant et guttural.

– Qu'est-ce qu'elle peut m'énerver !

Sa grand-mère venait de lever les bras au ciel, c'était grave.

– Tu comprends, elle a toujours raison sur tout. On ne peut même pas discuter, la blonde est plus maligne que les autres ! C'est fatigant à force ! Je n'ai pas besoin d'elle, moi ! En attendant, il n'était pas fameux, son gâteau au fromage ! J'espère que tu ne seras pas malade. Si tu veux, j'ai fait un cake ce matin...

– Non, merci, grand-mère, je n'ai plus faim. Et puis, je me réserve, ce soir, je t'invite au restaurant.

– Qu'est-ce que c'est que ces histoires ! Garde tes sous !

– Mais j'ai gagné de l'argent au casino !

Elle arrêta net de se moucher et le considéra comme une catastrophe.

– Au casino, mais qu'est-ce que tu faisais dans un casino, ça va pas bien, mon garçon ! Tu crois que l'argent ça se jette par les fenêtres ! Tellement de labeur pour le gagner, et toi, tu le gaspilles en deux secondes ?

Le regard avait viré au suspicieux.

– Tu files un mauvais coton, on dirait. Tu as de nouvelles fréquentations ?

Il n'eut pas le temps de démentir, elle s'était trouvé un nouveau refrain.

– De l'argent par les fenêtres ! Le petit-fils de Yitzack Divarovitch jette son argent par les fenêtres ! Si ton grand-père te voyait, lui qui trimait à en laisser sa santé, il n'aimerait pas beaucoup, David, cet argent jeté par les fenêtres !

— Mais puisque je te dis que j'ai gagné !

— C'est pareil, c'est de l'argent facile que tu as pris à d'autres gens qui ont travaillé dur pour un salaire de misère !

Ce n'était pas faux.

— Bon, David, tu m'excuses, c'est l'heure de mon jeu télévisé.

Et elle se planta devant l'écran, la fin du monde ne l'en aurait pas délogée.

David saisit l'espace d'une coupure publicitaire pour l'embrasser comme du bon pain. Il ne pouvait plus reculer indéfiniment, cette fois, il lui fallait rentrer chez lui.

MCC tira une grosse bouffée et passa le joint à Amélie Millet.

— Tiens, Josette !

— Pourquoi tu m'appelles Josette, c'est nouveau ?

— Mais non, la dernière taffe est pour toi, tu es josette.

— Chez moi, on appelle ça le cul de la vieille.

— Toujours élégants, les Normands !

— Désolée, tout le monde ne peut avoir la distinction des Kabyles ! Bon, qu'est-ce qu'on fait ?

— Il faut battre le fer, sinon, on est morts.

– Battre le fer, tu répètes ça à longueur de journée. D'abord, tu trouves qu'il est encore chaud, le fer ?

– C'est limite, mais ça peut encore le faire.

– Je ne vois pas bien comment. Ça fait au moins trois semaines que personne ne m'a appelée. On ne me propose même plus de témoigner.

MCC était déjà stone, il en fit des tonnes dans le registre de la surprise.

– Qu'est-ce que j'entends ? Tu as eu la possibilité de passer à la télé et tu as refusé ?

– T'es gentil, c'est pas toi qu'as la tronche esquintée ! Tu m'imagines, face caméra, répondant aux questions de Machine en prime time ?

– T'aurais pu m'en parler, quand même.

Le joint ne sonna pas totalement le rappeur qui se calma immédiatement.

– Excuse, Amélie. Mais pour moi, t'es toujours la même. C'est pas parce qu'on t'a gravé un sourire artificiel que je vais t'aimer moins ! Et puis, tu sais, aux States, les cicatrices, c'est des trophées... Regarde Scarface !

Mais Amélie était vexée, c'était le moindre de ses droits.

– N'empêche ! Si tu parvenais à refaire un tube, on n'en serait pas là !

– Alors là, je t'arrête illico, tu sais bien que le climat n'est pas porteur. En ce moment, on est entrés dans

167

la période terre glaise dans le bizz. T'as l'impression de voir des séquences poterie à la télé. En vrai, ils fabriquent des chanteurs, enfin des chanteurs, des totales brêles qu'ils matraquent comme des oufs. Après, y'a plus qu'à les placer aux petits oignons en tête de gondole. C'est craignos à mort, mais les gens achètent comme des bœufs. Y'a plus d'espace, qu'est-ce que tu veux que je te dise ma pauvre Amélie, les temps sont durs pour les artistes !

Il se leva et massacra le refrain du moment dans un numéro qu'Amélie parvint à considérer avec indulgence. MCC savait la faire rire, par les temps qui couraient, c'était précieux.

Il stoppa net son show.

— Putain, c'est le désert du Ténéré dans ma gorge ! Bouge pas gazelle, je cours chercher Red Ader et j'arrive !

Amélie cherchait encore qui pouvait bien être ce Red Ader (Ah oui, c'est vrai, l'homme qui éteignait les incendies...) quand elle le vit attraper son blouson pour descendre chez l'Arabe du coin, (« Qu'est-ce que je te prends, une 8.6 ? — Oui oui. »), elle était trop scotchée pour se lever, le corps moulé dans le canapé, elle laissait divaguer sa pensée.

Battre le fer, battre le fer, comment faire ? Arroser sa célébrité pour la faire pousser encore, continuer à toucher du cash facile, intéresser pour exister, ça voulait dire passer à la télé, la concurrence était rude, tout le monde voulait passer à la télé, les gens feraient n'importe quoi pour passer à la télé, FONT n'importe quoi, enlève le conditionnel, ma fille, t'as qu'à allumer et regarder. Ce qu'elle fit.

Elle chassa rapidement l'image de Clips TV qui venait d'apparaître, trop frais, trop douloureux, et entreprit un zapping à multiples escales.

MCC s'était offert la parabole, il aimait voir le monde débarquer dans sa chambre à coucher.

Amélie flâna puis s'arrêta sur une image où il ne se passait rien vingt-quatre heures sur vingt-quatre, des jeunes étaient réunis dans une maison, filmés à ne rien faire.

– Qu'est-ce que je disais !

Elle constata qu'elle restait, il n'y avait rien à voir, mais elle restait – elle aussi s'ennuyait dans la vie, tout lui semblait vain, rien ne servait à rien. Elle identifia sa déprime carabinée et changea de chaîne, espérant changer d'humeur.

Un décor tamisé, une femme en gros plan, elle racontait, livrait son intimité en pâture, des projecteurs et une caméra braquée sur son visage mouillé. Quelques hochements de tête compatissants venaient de temps à autre encourager son récit, elle offrait à qui voulait bien le regarder son ultime trésor, sa vie.

Amélie eut envie de vomir. Elle pressa le bouton, choisit de rester sur l'image de lions dans la savane et commença à s'assoupir.

Son sommeil naissant fut fauché par un tourbillon, MCC venait de faire claquer la porte d'entrée, visiblement très excité.

– Amélie, j'ai trouvé !

– Hein ?

– J'ai trouvé, on va se marier !

– Qu'est-ce que tu racontes !

– C'est l'idée du siècle, j'te dis ! On se marie en grande pompe, on invite tout le PIF...

– Le PAF !

– Ouais, le PAF si tu veux, les poufs, la jet, le bizz, on fait mousser un max, on passe une exclu Lulu, par ici la monnaie et on est peinards pour un bout.

– T'es complètement barré, mon pauvre MCC, personne ne croira à un tel mariage !

– Ah oui ! T'es vraiment née du dernier crachin, toi ! Mais qu'est-ce que t'imagines ! L'amour, tous ces keums, ils savent même pas comment ça s'écrit ! D'un côté, t'as des types dans la place, de l'autre, des gamines anorexiques qui ne bouffent qu'une chose : de la star. Leur occupation, aux gamines, c'est star fucker. Elles leur mettent le grappin, eux, il leur faut une belle fille dans leur décor. Tout le monde est content, roule ma poule !

– ...

– Sans parler de tous ces politiques qui font un beau mariage bien propre pour leur carrière. Le samedi soir, back-room, le dimanche midi, déjeuner en famille.

170

J'peux t'en parler, je les rencontre, moi, les nickels de l'ENA ! J'peux même te dire que quand ils se lâchent, ils se lâchent ! Trop à ravaler par ailleurs, faut croire !
– J'aime pas ce monde, MCC.
– Parce que tu crois qu'il me fait kiffer, moi ! Mais t'as pas le choix. Ou tu niques le système, ou bien t'as une vie de chien toute ta vie de chien. Choisis ton camp, ma belle !
– Faut que j'y réfléchisse, MCC ! Bon, je crois que je vais dormir maintenant.
– OK. Je me fais un dernier spliff et je te rejoins. On va se câliner ma poupée !

Effectivement, Alain Mercier allait mieux. Il rentrait à Paris rasséréné, pas totalement lavé mais la distance et l'espace avaient eu pour mérite de patiner son humiliation. Il s'étonna de la taille des voitures françaises, s'excusa en anglais en bousculant un piéton dans la rue.

Il avait aimé rouler sur les autoroutes américaines, avait dormi dans des motels à 19,99 dollars la nuit, s'était incliné sur la tombe d'Elvis à Memphis, sur celle de Marylin à Los Angeles.

Il s'était même entiché d'une serveuse rencontrée dans un bar, elle s'appelait Suzie, aimait la vie, Nicole Kidman, jouer au bowling et boire beaucoup de bière.

Suzie présentait une autre particularité : son volume

sonore. Elle parlait fort, riait fort, éternuait fort, elle ne pleurait pas mais sanglotait, elle ne jouissait pas, elle hululait. Alain Mercier avait aimé cette fille sans mines, pas terriblement distinguée mais tellement nature, cela le reposait.

Il avait même songé un moment prolonger son séjour à Paris, Texas. Après tout, pas d'attache à Paris, l'autre, mais il craignait de ressembler un jour à la majorité de ceux qu'il avait croisés, narcissiques et incultes.

Il promit à Suzie de l'accueillir si elle tentait le voyage en France. Il se souvenait de cette soirée où il lui avait montré l'endroit sur un atlas, il avait fallu trouver une librairie, elle ne possédait pas de carte du monde.

Elle avait alors eu cette réplique assez déconcertante :
– Ça fait long si je viens en voiture, non ?

Aux Etats-Unis, le nécrologue n'avait pas tout à fait oublié son activité principale, il s'était passionné pour les portraits que le *New York Times* consacrait quotidiennement aux victimes d'une catastrophe nationale. Le journal leur rendait hommage en racontant leurs vies, ce n'étaient plus des anonymes, derrière les statistiques, se cachaient des visages, des personnalités, des parcours. Elle était là, la vraie noblesse de son métier, aller traquer ces millimètres d'humanité comme on part à la chasse aux papillons.

Alain Mercier se demanda soudain si l'agresseur des vedettes de la télé avait été interpellé, évidemment, de là-bas, il n'avait eu aucune nouvelle.

C'était idiot, mais il cherchait en vain qui pourrait bien le renseigner.

Il n'entretenait plus de relations particulières avec la lointaine famille qui lui restait et rechignait à appeler ses confrères de Votre Radio, qui ne s'étaient pas bousculés, à l'époque, pour lui passer un coup de fil.

C'est alors qu'il pensa à Anna, comment s'appelait-elle déjà, son nom de famille ne lui revenait pas, son visage si, en entier, très distinctement, leurs discussions aussi quand ils travaillaient dans la même rédaction.

Il devait même avoir conservé son numéro quelque part.

– Allô, Anna ?

– C'est exact.

– Alain Mercier.

– ...

– Alain Mercier, tu te souviens ? On s'était connus à Votre Radio...

– Oui, bien sûr Alain, à mort que je me souviens ! Comment vas-tu ?

– Ecoute, très bien, je rentre des Etats-Unis... Je me demandais si tu étais libre à dîner ce soir ?

La curiosité l'emporta sur la fatigue, elle s'était prévu un plateau-télé devant *Six Feet Under* mais se dit qu'elle ferait tourner son magnétoscope et s'amusa de dîner avec un nécrologue plutôt que de regarder la saga des croque-morts.

– C'est d'accord. On se retrouve où ?

173

– Vingt heures devant l'opéra Bastille, ça te va ? Je connais un bon petit restau dans le coin.
– Parfait ! A plus.

Elle le trouva plus séduisant que dans son souvenir, elle excluait évidemment les photos de lui parues dans la presse lors de son arrestation, pas le genre de cliché à mettre en valeur.

Ses cheveux poivre et sel avaient poussé et s'exprimaient artistiquement, certes, ses dents en étaient au même point, jaunies par le café et la nicotine, mais Anna se savait mal placée pour juger les autres sur leur physique.

Ils s'embrassèrent avec cœur, se reconnectèrent immédiatement, y'a des gens comme ça, peu importe depuis quand.

Il lui raconta son road-movie, il lui dit même pour Suzie : « Tu imagines, elle envisageait de venir en France en voiture ! » Le vin les poussait à l'allégresse, ils rirent des carences géographiques des Américains, ils étaient mûrs pour les confidences.

– Tu sais, Anna, ça a été très dur.
– J'imagine.
– Non, excuse-moi, mais on ne peut pas imaginer tout à fait. Quand je suis rentré chez moi, en sortant de garde à vue, mes voisins ne m'adressaient plus la parole. Tu sais ce que ça fait de croiser des gens que

tu côtoies depuis des années qui, du jour au lendemain, détournent le regard ?

Anna n'osa pas le questionner sur l'attitude de ses
proches, ignorant son désert sentimental.

— Tu te rends compte, je suis une victime dans l'histoire et les gens m'en veulent !

— Et Chardonne ?

— Pire que tout. Pas un mot. Rien.

— On ne parle même pas de Rossi ?

— Non, on n'en parle pas.

— Qu'est-ce que tu comptes faire ?

— J'y ai longuement réfléchi. Je vais retourner lundi
prochain travailler à Votre Radio, d'abord parce que
ce serait trop facile, ensuite parce que j'aime profondément mon métier.

Ils se turent, immergés dans leurs pensées.

Au moment du café, Mercier se composa une mine
détachée.

— On en est où dans l'affaire ?

— Nulle part.

— C'est-à-dire ?

— L'agresseur court toujours. Pas de nouvelle victime.

Alain Mercier fut un peu déçu. Il allait passer à
autre chose quand Anna le sonda :

— Tu as une idée, toi ?

— Sur l'identité de l'agresseur ?

— Non, sur l'action Vivendi Universal au centime

d'euro près dans cinq ans, trois mois, deux semaines et six jours...

Elle ne lui passait rien, il aimait bien, savait son ironie exempte de toute méchanceté.

– Ça dépend des jours.

– Et aujourd'hui ?

Mercier hésitait. Elle risquait de le prendre pour un fou.

– Tu risques de me prendre pour un fou...

– Ou pour un revanchard...

Décidément, cette fille était incroyable, elle le lisait à livre ouvert.

– Mais pourquoi aurait-il fait ça ?

– Je sais, ça paraît insensé. Mais pose-toi la question que se posent tous les flics de la planète : à qui profite le crime ?

Anna se la posa et examina les pistes à voix haute.

– Honnêtement, à pas mal de monde. Chardonne effectivement, il créerait ainsi l'événement pour mieux le traiter, faire mousser sa rédaction et donc lui-même. Mais aussi Rossi, si tu vas par là. Tu ne trouves pas qu'il est particulièrement bien informé dans le dossier ? Toi aussi, Alain, pardonne-moi, mais tu continues à faire un beau suspect... Tuer, et ensuite, rendre hommage, une sorte de prêt-à-porter...

Il tiqua, encore échaudé par sa mésaventure, mais finit par se plier au jeu des suspicions. Elle poursuivait, sur sa lancée.

— ... ou alors Fauré, mon patron à La Première qui considérerait les créatures de la télé comme des poupées sur qui il aurait droit et de vie et de mort. Sans parler d'Alexandra Sadoul dont le rêve serait de passer à la télé et qui aurait multiplié les agressions afin de brouiller les pistes... A moins que ce ne soit moi, Alain, tu es peut-être en train de dîner avec celle à la place de qui tu as été suspecté...

Il rit, davantage par nervosité que par franche hilarité.

Anna redevint sérieuse :

— Non, si tu veux vraiment mon avis, c'est l'acte d'un détraqué, de quelqu'un que la célébrité des autres dérange, d'un envieux ou bien un pervers sexuel. Regarde, jusqu'à présent, il ne s'est attaqué qu'à des femmes.

— En tout cas, il est malin. La police n'a toujours pas l'ombre d'une piste.

Anna comprit que Mercier ne serait pas vraiment tranquille, pas vraiment lavé, tant que l'agresseur courrait encore.

Elle le salua avec chaleur. Ils promirent de se revoir.

La jeune femme rentra en conduisant nerveusement, l'esprit encore en roue libre. En fait, cette affaire la passionnait.

Elle déboucha une demi-bouteille de vin, celle des gens seuls, s'installa devant son feuilleton rembobiné, échoua à s'y concentrer.

177

Sa peau la tiraillait, elle tenta d'occuper ses mains à faire la vaisselle, mais le venin la rongeait.

Les médecins le lui avaient suffisamment répété, son mal venait de l'intérieur, elle fabriquait elle-même l'objet de ses souffrances, un mauvais sang quand elle se faisait du souci. Ou pas.

Depuis le temps, elle n'avait trouvé aucune logique à l'origine de ses crises, hiver ou été, à la ville ou à la mer, nourriture légère ou festin, sa peau avait toujours le dernier mot. Il lui était même arrivé d'aller bien et de se gratter comme pour tout gâcher.

Elle sut que la nuit s'annonçait dangereuse, elle entreprit de se limer les ongles jusqu'à la chair, nettoya avec soin son visage de la couche de fond de teint qui dissimulait ses rougeurs et l'enduit d'une crème tellement grasse qu'elle en aurait brillé dans la nuit profonde.

Michel de la Hurière se cabra, le coup passa tout près mais il parvint à esquiver et à plaquer. Il se releva et exulta dans la lumière des projecteurs, vite rejoint par ses coéquipiers qui lui exprimèrent leur virile affection.

Nul n'aurait identifié en ce joueur de rugby au maillot crotté, le visage scruté quotidiennement, l'homme sanglé dans le costume de ceux qui honorent une invitation à dîner. Mais Michel de la Hurière

178

aimait le rugby pour sa principale métaphore : s'il en était arrivé là, c'était au prix d'un parcours musclé, il avait dû esquiver les attaques, les repousser parfois, avant de marquer, avec panache, espérait-il. Chaque soir se jouait une nouvelle transformation. Il jouait au rugby pour voir où en était sa vie.

Le match touchait à sa fin, le stade n'allait pas tarder à fermer, ça tombait bien, un gros grain menaçait. Ils préférèrent une bonne douche.

– Michel, tu grouilles, on y va ! On a réservé pour vingt-deux heures trente. Après, tu les connais, ils risquent de ne plus servir !

– Partez sans moi, je vous rejoins. J'ai un coup de fil à passer.

Il n'entendit pas la réponse, juste quelques rires gras, sa réputation de tombeur n'était plus à faire.

A raison. Il venait d'entamer une idylle avec une jeune comédienne qui aurait pu être sa fille, si toutefois il s'était une seule fois seulement suffisamment investi pour entrevoir une paternité. Et il ne risquait pas de se faire faire un enfant dans le dos, la prévenance apparente de l'homme élégant tenait surtout de la prévention. Il se chargeait personnellement des protections, il craignait autant la vie que la mort, contre l'une comme contre l'autre, il pratiquait exclusivement l'amour sous Cellophane.

Sa dernière conquête en date, une créature débarquée d'Ukraine, connaissait actuellement une vague de vogue, on jasait beaucoup sur une scène où ses talents buccaux semblaient incomparables.

Elle risquait d'en entendre parler une bonne partie de sa vie, mais profitait pour l'heure du buzz. Elle aurait tout son temps pour prendre des cours de théâtre et s'attaquer à Shakespeare.

Michel de la Hurière se savonna énergiquement, constata avec dépit qu'il s'était empâté, se promit d'y remédier, s'offrit un bon moment la tête sous le jet puissant, et sortit une jambe hésitante et dégoulinante à l'aveugle.

Le dehors lui parut incroyablement hostile. Il eut le temps de porter une main à sa joue et constata seulement qu'elle collait. Il cria et sentit sa tête cogner violemment contre la paroi de la douche. Avant de sombrer, il se demanda qui allait annoncer la nouvelle.

— Il aurait pu donner de ses nouvelles quand même ! Vingt-trois heures et il n'est toujours pas là !

— T'as essayé de l'appeler ?

— Oui, plusieurs fois, mais son portable sonne dans le vide.

— Laisse tomber, il a dû rejoindre sa poule.

— C'est bien ce que je dis. Il aurait pu prévenir.

— N'oublie pas que c'est une star. Michel a beau être resté très gentil, la célébrité, ça ne s'embarrasse pas toujours de politesses...

Merci de votre attention

– T'as raison. Bon, c'est pas très grave. On va attaquer sans lui. S'il arrive, il arrive. Et s'il préfère roucouler, c'est son affaire. C'est quand même pas ça qui va nous empêcher de passer une bonne soirée. N'empêche, moi je trouve qu'il aurait pu prévenir...

Alexandra parlait sans qu'aucun mot ne sorte de sa bouche. Elle forçait mais demeurait mystérieusement muette, un filet de sueur coulait dans son dos, elle se tourna pour indiquer une région sur la carte et découvrit que des crochets avaient poussé à la place de ses doigts.

C'est alors qu'un vieux tube des années quatre-vingt attaqua ses tympans, elle fit un bond dans son lit et fut soulagée d'être tirée de son cauchemar par le radio-réveil. Plutôt Boney M que ce rêve immonde.

Elle tua le refrain et se leva dare-dare, elle entamait trois semaines de météo matinale, il s'agissait de ne pas traîner.

Le taxi l'attendait déjà en bas de chez elle, compteur gonflé, elle espérait seulement qu'il ne l'entretiendrait pas du temps qu'il allait faire.

– Alors Mademoiselle Sadoul, que dit le ciel pour les jours qui viennent ?

Elle bougonna en signalant la présence d'une

dépression, il n'insista pas jusqu'à l'arrivée à La Première, ce qui lui valut un généreux pourboire.

Alexandra badgea en maugréant contre le temps qu'elle perdait à badger, dézippa sa doudoune et passa un coup de fil à Météo-France. Effectivement, une dépression s'était installée sur tout le pays, au moins, la carte serait-elle un jeu d'enfant, pluie pour tout le monde hormis la Corse, avec des températures plutôt douces pour la saison. Elle passa ses consignes aux truquistes et fila au maquillage.

– Sabine, ce matin, il me faut un miracle !

– Oh ben dis donc, toi, tu n'as pas bu que de l'eau, hier soir !

– Tu vas m'arranger ça ?

– T'inquiète, comme d'habitude !

Alexandra ferma les yeux et offrit son visage aux mains expertes.

– Te rendors pas, hein !

– Alors, raconte-moi une histoire !

– C'est l'histoire d'un mec, beau, mieux, séduisant...

– Antenne dans dix minutes !

Le script faisait la tournée des popotes, un chronomètre arrimé autour du cou. Il ressemblait à un chef de gare, la casquette en moins, l'attitude en plus.

– ... rêve pas, c'est pas de toi qu'on parle !

Les deux filles éclatèrent de rire, ce qui ne faisait pas précisément l'affaire de la maquilleuse.

– Alexandra, fais gaffe, tu vas ruiner mon œuvre d'art !

Merci de votre attention

– Trop tard, j'ai le rire en moi !

– Eh bien, tu n'as qu'à penser à quelque chose de triste !

– Tu préfères les larmes ?

– Bien sûr que non, je ne préfère pas les larmes, déjà que le temps est pourri !

– Dis donc, toi, tu ne reluquerais pas ma place, par hasard ?

– Merci bien ! Risquer le cutter pour un rayon de soleil ou une averse, sans moi !

Elle n'avait pas fini sa phrase qu'elle la regrettait.

– Excuse-moi. Tu vois bien que je ne pourrais pas passer à la télé, je ne réfléchis pas assez avant de parler. Allez, Alexandra, détends-toi, c'est l'heure de la poudre.

– Ah, non, je ne touche jamais à ces choses-là, moi !

Sabine offrit un rire comme on paye une dette, celle-là, on avait dû la lui faire cent cinquante fois, au bas mot.

– Antenne dans cinq minutes !

– Oh hé, l'horloge parlante, tu nous lâches un peu !

Alexandra changea de fauteuil pour un remodelage express de ses cheveux, le coiffeur eut à peine le temps de brancher son séchoir que déjà revenait le gardien du temps.

– Antenne dans deux minutes !

– Cette fois, il faut vraiment que j'y aille !

Elle utilisa son temps à plein, en bonne pro qu'elle était devenue, ne jamais courir avant l'antenne, mieux

185

valait mal coiffée qu'essoufflée, elle s'installa devant la carte de France et attendit qu'on la lance.

— Nous jetons maintenant un regard sur le temps de ce mardi. Vraiment pas terrible, Alexandra Sadoul !

Rouge caméra. Sourire, malgré tout, la dépression, le sommeil, l'altercation avec David, sourire !

— Effectivement, Jean-Marc, c'est une journée placée sous le signe de la pluie.

Elle disait le temps dans un protocole désormais bien huilé, précision des informations, n'oublier personne, regarder l'écran de contrôle pour repérer les régions qu'elle mimait sur une carte en réalité toute bleue, s'adresser de temps en temps à la caméra, employer un style direct, utiliser des mots simples, un dosage millimétré de technique et de décontraction.

Soudain, elle sentit que quelque chose n'était pas normal. Elle chercha furtivement ce qui clochait tout en continuant sa litanie de noms et de chiffres. On s'affolait en régie, elle pensa à une bourde, à un bout de persil entre ses dents, à une braguette baissée.

On lui faisait signe maintenant de se magner, elle conclut hâtivement et rendit la parole au présentateur.

— Tout de suite, un flash spécial.

Il arrêta sa camionnette devant le stade, la grosse pendule accusait un quart d'heure de retard, le monde n'allait pas s'arrêter de tourner pour autant, la faute à cette foutue pluie et à l'un de ses essuie-glaces qui ne voulait rien entendre. Il n'allait tout de même pas risquer sa vie pour être à l'heure, l'important était un travail bien fait et il n'était pas encore né celui qui trouverait à redire.

Comme chaque matin que Dieu faisait, il attaqua par les vestiaires, d'abord ceux des visiteurs, toujours dans un triste état, c'est bien connu, quand on n'est pas chez soi, on fait n'importe quoi.

Le petit homme ne sentait même plus l'odeur de sueur vieille de la veille, demandez donc à boulanger-pâtissier s'il est encore incommodé par l'odeur du beurre.

Il ramassa les bouteilles vides, les bouts de sparadrap, trouva un maillot chiffonné qu'il mit de côté, son neveu allait encore étoffer sa collection. Une vingtaine de minutes plus tard, le sol luisait de propre, un à zéro. Aux autres vestiaires maintenant. Il s'étonna de trouver la porte ouverte, c'était pas sérieux, les gars, avec tous les vandales qui circulent, ne vous étonnez pas après qu'il manque des portemanteaux.

Il siffla un air italien en passant la serpillière, crut entendre un bruit, se moqua de lui-même, se traita de Jeanne d'Arc.

Il ne restait plus que les douches, il jeta un coup d'œil à sa montre à quartz, bon boulot, mon gars, il avait même comblé son regard.

Il entra et fut saisi par une odeur de sang. C'est alors qu'il vit.

— Sacré nom de nom !

David Divarovitch dort encore, seconde journée de récupération, il récupère.

Alain Mercier dort encore, insomnie en pleine nuit, décalage horaire.

Anna dort encore, pour une fois, sa nuit a été calme, elle ne le sait pas encore.

France Dubois dort encore, pleine nuit à New York.

Là où elle est, Eve Dubois dort encore.

Sonia Stem dort encore, emmitouflée dans son fiancé.

Amélie Millet dort encore, dans ses rêves trotte une jument.

Fauré vient de se réveiller, il attaque ses cinquante mouvements réglementaires.

James Chardonne revient à la vie, il branche sa radio.

La grand-mère de David fait du ménage, un mouchoir dans sa poche.

Le vieillard braque ses jumelles sur la voisine qui dort encore.

Michel de la Hurière dort mais n'est pas mort.

Les urgences urgent.

Un coup de fil faucha Fauré dans sa gymnastique matinale. Il en fut fâché, il décrocha, essoufflé et autoritaire. Sa secrétaire. Michel de la Hurière. Dans la douche des vestiaires. Pitié-Salpêtrière. Respiration artificielle. J'arrive. Fauché réveilla son chauffeur qui dormait encore, il passa le trajet pendu au téléphone, priorité à l'antenne. « Evidemment que vous faites un flash spécial, vous voulez attendre quoi, que la concurrence l'annonce d'abord, c'est ça que vous voulez, bande d'incapables ? »

Arrivé devant l'hôpital, il fut troublé de trouver la voiture de Votre Radio, l'idée d'un informateur de l'intérieur le contraria – « Allô, Rossi, ici la secrétaire de F., j'ai un tuyau, c'est beaucoup plus cher que d'habitude. Tu prends ? De la Hurière, cutter, Salpêtrière. Non, apparemment pas mort. On se rappelle » – mais le moment était à la peine, plus tard, il verrait ça plus tard. Il se composa une mine sombre, repoussa le micro qui se tendait devant lui et gravit les marches de l'établissement quatre à quatre.

Cette fois, on s'était attaqué à la figure emblématique de sa chaîne, l'homme le plus regardé de France, l'heure était grave.

Effectivement, sitôt connue, l'information fut déflagration. On venait franchement de franchir un cran. Le présentateur du 20 heures, un homme. Les victimes précédentes se mirent à ne plus peser très lourd dans la cruelle balance médiatique. Anecdotiques, soudain, leurs prestations de lanceuse de clips, chroniqueuse dans le vent et grenouille du temps.

On venait de frapper la représentation ultime de la télévision, le gardien du temple de l'Information, puissant et à portée de main.

Un homme de surcroît, pas soupçonnable en filigrane d'avoir usé de ses charmes pour creuser sa place au soleil.

L'agression numéro 4 sur la liste du serial-cutter devint l'affaire de tous, universelle et intime.

Des téléspectateurs se massèrent devant l'hôpital, une partie d'eux-mêmes était en danger, on s'était attaqué à quelqu'un qui leur appartenait.

On vit même une femme se rouler par terre, atteinte de convulsions. Aux cris de « Michel, on t'aime », elle frappait le sol d'une pancarte à l'effigie du présentateur.

Le mouvement populaire se fit aussi revendicatif. Les autorités étaient prises à partie, stigmatisées, incapables d'assurer la protection des vedettes de la télévision.

La crise semblait magistrale, les réunions s'enchaînèrent au plus haut niveau. Le président de la République en personne demanda à être tenu informé de l'évolution de la santé de la victime, heure par heure.

On promit que le crime ne resterait pas impuni, ça ne mangeait pas de pain.

Les éditions spéciales se succédaient, à la radio, à la

télé. La photo de Michel de la Hurière (MDLH pour les légendes), bronzé et souriant, s'étalait en grand dans les journaux ou s'incrustait dans les coins des écrans, on ne parlait plus que de lui, carrière, qualités professionnelles, sa passion pour le rugby, un encadré sur ses nombreuses conquêtes, des fois que vienne s'y nicher une piste.

Il se trouva même une émission de divertissements qui proposa un montage saisissant : on revoyait le journaliste annonçant successivement au 20 heures les agressions précédentes.

L'affaire Michel de la Hurière tomba dans le fonds commun. S'il avait pu mesurer l'ampleur de l'émotion depuis son lit d'hôpital, l'homme statufié aurait pu se croire mort, sauf qu'il était fort et vivait encore.

On interrogea longuement ses compagnons de match, ils n'avaient rien remarqué de particulier, ils s'en voulaient atrocement de ne pas l'avoir attendu alors qu'il prenait sa douche.

La compagne de La Hurière fut aperçue sortant d'un interrogatoire, elle était habillée de noir, déjà prête pour le veuvage, le visage tuméfié.

La légende de Michel de la Hurière était en marche.

Anna choisit d'envoyer un Texto, rapide et discret, Alexandra n'aurait qu'à choisir sans être dérangée, répondre ou ignorer.

Elle appela immédiatement en retour.

– Je suis chez moi, tu veux bien passer ?

– J'arrive ! De toute façon, tous les programmes sont suspendus. On n'est pas à l'abri d'une spéciale.

Alexandra sortit de son lit pour aller ouvrir à Anna, la mine défaite, une nudité encore accentuée par l'absence totale de maquillage.

– Tu veux un café ?

– Ne bouge pas, je m'en occupe.

– Tu trouveras le paquet et les filtres sur la table de la cuisine.

Anna se demandait par où attaquer. Tout en dosant les cuillerées de café, elle soupesait l'ampleur du choc.

Quand elle revint dans la chambre, deux tasses hésitantes entre les mains, elle trouva Alexandra pleurant en silence, allongée sur le côté, recroquevillée. Une enfant.

Anna posa les cafés et serra le poids de malheur entre ses bras, maladroitement, l'intimité n'avait jamais été son fort.

– Parle. Parle-moi. Dis-moi ce que tu ressens, dis-le comme ça vient, laisse couler.

Les mots se firent hoquets, en rasade, par saccades.

– Tu vois, je ne l'aimais pas, Michel... mais quand même, tu te rends compte ! Quelqu'un avec qui tu as dormi, quelqu'un qui a été en toi, même parfois par effraction, enfin, c'est pas le propos... Je me sens anéantie... Tu sais, ce matin, j'étais en plateau... tout

192

le monde courait en régie... c'était pas normal... en direct, fallait que j'assure, ça s'embrouillait dans ma tête, je me demandais ce qui se passait... moi, j'arrivais plus à me concentrer... la dépression, mais j'en avais rien à foutre des températures de Moutiers, mais je m'en bats l'œil de Moutiers!... je voulais que ça s'arrête, qu'on me dise... Et puis je me suis débarrassée de l'antenne, je l'ai recrachée comme une patate chaude... J'étais encore devant ma carte météo quand ils ont fait leur flash... avec ma gueule fabriquée, mes beaux habits et tout le bastringue! J'étais là, comme une pauvre conne et lui, il venait d'être retrouvé tailladé! Toute la nuit, il est resté comme ça dans sa pauvre douche, tu te rends compte! Si ça se trouve, il a même été conscient! Non, mais quelle horreur!

En disant ces mots, elle repartit de plus belle dans sa phase liquide.

Anna se leva, trouva la salle de bains, arracha une poignée de Kleenex.

Alexandra moucha sa détresse, il lui restait encore des paquets de mots.

– C'est trop dur, Anna, trop dur! Moi, ça me rend pas heureuse de passer à la télé. Depuis que j'y suis, je perds tout. J'ai perdu David, j'ai perdu mes repères, j'ai perdu ma route, tu vois, c'était mon petit chemin à moi, j'avançais à mon rythme, je savais où je voulais aller. Là, on m'a propulsée, physiquement et, depuis, je fais la toupie, comme si j'étais une autre.

Je m'étais dit, je tente, pour voir, si ça se trouve, ça va m'aider pour la suite, mais pas du tout ! PAS DU TOUT ! C'est de l'enfermement, je te jure ! Tu sais ce qu'il m'arrive depuis qu'on me voit ? Des gens m'appellent, je les ai peut-être croisés une heure à tout casser dans ma vie, tu me diras, une heure, ça peut changer ta vie, je te rassure, ce n'était pas le cas, bref, des gens dont j'ai même oublié l'existence, ou alors d'autres avec qui j'ai travaillé à un moment donné, on n'avait rien à se dire déjà à l'époque, on était juste réunis au même endroit, c'était un hasard, eh bien, c'est comme s'ils avaient un droit sur moi, ils me demandent des choses, des faveurs, mais je peux rien pour eux ! Alors, ils m'injurient, j'ai la grosse tête ou je ne sais pas quoi, mais quand ils me voyaient pas à la télé, ils se foutaient bien de savoir comment j'allais ! Ça fausse tout, ce système, trop être vu, ça finit par cramer le négatif. Comment savoir maintenant, hein, je te le demande, comment savoir si on en veut à moi ou à mon image ?

Moi, je vais te dire, c'est *bullshit* tout ça, tu m'entends, BULLSHIT !

— Qu'est-ce qui t'empêche d'arrêter, alors ?

Anna avait parlé d'une voix la plus neutre possible. L'heure n'était pas à la provocation, juste à la vérité.

La question était bonne, Alexandra la prit en compte, honnêtement.

— Qu'est-ce qui m'empêche d'arrêter ? Bonne ques-

194

tion ! Qu'est-ce qui m'empêche d'arrêter... Ne te moque pas de moi, s'il te plaît, mais j'ai l'impression que c'est trop tard. Si je claque la porte, c'en est terminé de mes ambitions, ils ne comprendraient pas et ils n'aiment pas quand tu sors de leur logique à eux. Crois bien qu'ils n'hésiteront pas à me le faire payer ! Et puis de toute façon, une fois que tu es passée à la télé, c'est indélébile. Il y aura toujours quelqu'un quelque part dans vingt ans pour te demander ce que tu deviens comme si tu sortais d'une longue maladie.

Elle réfléchissait toujours à la bonne question.

— Peut-être que j'y ai pris goût finalement d'être vue. C'est vrai, Anna, parfois je me dis ça, je me dis que j'ai trouvé une place, ça peut paraître stupide, mais je n'ai pas eu beaucoup de reconnaissance dans ma vie.

Le silence s'installa, chacune y allait de son bilan.

— Et surtout, Anna, c'est certainement pas maintenant, alors qu'un malade s'attaque aux gens de la télé, que je vais jeter l'éponge, ça, plutôt entrer dans les ordres !

— Fais gaffe, quand même, il y a danger.

— Ça tombe bien, j'aime ça, le danger.

— Je te rappelle qu'un fou furieux court toujours. Jusqu'à La Hurière, personne n'avait songé à flanquer des gorilles au train des gens de télé, résultat, un jeu d'enfant. N'empêche, le malade mental, il risque pas de s'arrêter en si bon chemin !

– Eh bien qu'il vienne ! Moi, je l'attends, et de pied ferme, encore !

– Mais ça va pas, Alexandra, tu vois bien qu'il est malin. Déjà quatre agressions et pas l'ombre d'un indice, jamais d'empreintes digitales, il fait ce qu'il veut, le Figaro du cutter !

– Oui, sauf qu'à un moment donné il va commettre une erreur. Celui qui fait ça veut qu'on parle de lui. Ça va le perdre.

– Ça ira, pour demain matin ?

– Faudra bien.

– Fais attention à tes fesses, ma belle, conclut Anna.

Ce qui était une drôle de façon d'évoquer son visage.

Immédiatement, David pensa à Alexandra, il pensa à elle en épicentre. La météo en remplacement d'une balafrée. Ancienne maîtresse d'un balafré. Et aussi, cutter dans la plaie, ancienne maîtresse de l'amant d'une balafrée par mimétisme avec sa jumelle balafrée.

Il fut fatigué de cette foire. Il fut inquiet. N'avait pas envie de retrouvailles autour d'un lit d'hôpital. Ou plus définitif.

Il eut envie de lui parler. Cessez-le-feu pour cause de danger.

L'instant d'après, il lui en voulait toujours, terriblement. Si elle n'allait pas bien, elle n'avait qu'à l'appeler, le brandir, son drapeau blanc. Elle savait où le trouver. Définitivement, la balle était dans son camp.

Alors, il lui parla. Seul, sans elle, fallait que ça sorte. D'entrée, il lui dit qu'elle n'avait pas le droit. D'être venue pour ça. D'avoir fait le chemin pour un tel résultat. Il martela qu'il préférait l'échec au gâchis. Oui, c'était exactement ça. Elle avait gaspillé leur chance. Il soupira. Il ne s'en remettait pas.

D'un ton sévère, il lui dit aussi qu'elle se galvaudait.

– Regarde-toi, mais regarde-toi, avalée par un œil noir, lessivée et recrachée sans gloire ! Pas toi, Alexandra !

Souviens-toi, ce n'est pas si loin, on voulait résister de l'intérieur, jouer notre chance crânement, croire qu'on a toujours le choix. C'est même pour ça qu'on avait voulu ce métier-là, pour faire autrement, remettre en cause, défendre, pour douter.

Souviens-toi, Alexandra, de ce lien entre toi et moi. A l'école, collés tous les deux, secoués du même rire devant ceux qui s'y croyaient tellement. Ils ne savaient rien et savaient déjà, avaient tracé leur demain comme on consulte l'itinéraire le plus rapide dans le guide Michelin. Ils n'apprenaient pas, ils singeaient.

Souviens-toi de ce type sanglé dans son trois-pièces – sérieux, suffisance, obéissance –, il se voulait éditorialiste politique et rien d'autre. Tu te souviens, à l'examen, on lui avait confectionné une fausse dépêche insensée qu'il avait recrachée toute crue.

197

Souviens-toi, on sentait instinctivement qu'on ferait différemment, sinon, à quoi bon ?

David parlait à voix haute, des gestes appuyés ponctuant ses phrases.

— La machine t'a avalée toute crue, Alex, et je suis sûr qu'au fond de toi, tu l'en remercies.

Tu n'as pas le droit de renoncer comme ça. Abîmée volontaire.

Immédiatement, Alain Mercier pensa à lui-même.

Posté devant le miroir de sa salle de bains, il tentait la mise au point.

A peine rentré de l'étranger, il butait sur une nouvelle victime.

Il repensa à sa conversation avec Anna, il fut pris à ses propres soupçons, alla même jusqu'à se demander s'il n'était pas coupable.

Il avait entendu parler des dédoublements de personnalité, deux moi aux antipodes se disputant le contrôle.

Il se fixa dans la glace.

Il venait justement de lire un article sur un serial-killer dans une revue américaine. Le cas traité était présenté comme l'un des plus intéressants de l'histoire de la criminalité américaine, particulièrement bien fournie en psychopathes.

L'homme menait deux vies mais ne le savait pas. Sa

mémoire diurne était totalement hermétique aux crimes qu'il commettait de nuit. Il ne mentait pas
puisqu'il ne se souvenait pas.

Peut-être suis-je atteint de ce même syndrome dont
j'ai oublié le nom, et ça, ce n'était pas une preuve,
peut-être !

Il passa une main sur son visage.

Mais non, n'importe quoi. Je délire, le manque de
sommeil, cette solitude brusquement retrouvée, être
seul en voyage, c'est comme être accompagné de ses
sensations !

Il ne supportait plus l'exiguïté de son appartement,
était en manque d'espace, attaqué par la routine.

Il s'aspergea d'eau, retourna au salon en quête de
quelque chose.

Il regarda avec nostalgie une photo de Suzie, elle
lui tirait la langue derrière le comptoir, deux couettes
érectiles encadrant son visage encore enfant.

Avec elle, au moins, c'était simple, pas de questions,
prendre et donner, un jeu de gosses.

Il alluma la télé pour tromper le vide. Il tomba sur
l'émission spéciale que La Première consacrait à
Michel de la Hurière.

Fauré avait mis le paquet. Le décor avait été monté
dans la journée, rapiécé plutôt. Des photos de la victime trônaient aux quatre coins, elles masquaient sans

mal les logos de l'émission habituelle du mardi soir
« Je suis qui je suis ». Il avait suffi de baisser les néons
d'un ton, l'éclairage s'était fait moins criard. « Je ne
veux pas d'une émission sinistre ! » avait prévenu le
patron.

Il avait fallu trouver un présentateur pour le grand
direct.

Fauré convoqua le joker de La Hurière, un jeune
loup consentant en qui il croyait beaucoup.

– Vous me faites du sobre et de l'efficace. Vous ne
pleurnichez pas, vous donnez à plaindre. Vous aurez
les appels des téléspectateurs, souvenez-vous qu'ils ont
priorité. Il s'agit de les écouter, au prix de l'appel,
n'hésitez pas à les relancer. Vous demanderez des explications au ministre de la Communication qui a
accepté notre invitation. Vous pouvez y aller, il vient
de nous renouveler notre concession et les élections
approchent, le gouvernement a des comptes à rendre.
Le service société vous prépare des sujets courts et
spectaculaires, c'est bien simple, on a vidé le rayon La
Hurière à l'INA. Vous lancerez le rappel des faits, le
point sur l'enquête, ce sera vite vu, un encadré sur le
parcours journalistique de Michel. Sa compagne sera
là, comment s'appelle-t-elle, déjà, la Sarah Bernhardt
de la pipe, je ne sais plus, enfin, on vous le dira. Je
vous préviens, ce n'est pas une cent watts, elle parle
français difficilement, ne vous inquiétez pas, si tout
va bien, elle pleurera, et là, pas besoin de traducteur.

N'hésitez pas à vous rapprocher d'elle, un geste gentil et vous envoyez le magnéto suivant. Nous avons prévu un duplex avec le village natal de Michel, vous faites de l'humain, hein ! Attention à son instituteur, c'est un moralisateur, il va nous casser le rythme. Prenez garde aussi aux spécialistes, les psys, les flics, les cadors de la chirurgie esthétique, faites-leur employer des mots simples. Et surtout, tout au long de la soirée, n'oubliez pas d'annoncer l'événement qui nous vaudra un pic d'audience, j'en mets ma main à couper. Amélie Millet a accepté de venir témoigner. Elle réclame un gros cachet, la petite pute, mais la pub devrait suivre. Elle sera installée dans un studio à côté, filmée en ombre chinoise. Elle ne peut tout de même pas apparaître à visage découvert, ce serait intolérable pour tout le monde. Si vous voulez, vous pourrez la rencontrer avant. Quelque chose à ajouter ?

Fauré se retourna alors vers l'objet de ses consignes qu'il avait jusque-là totalement ignoré.

– Je ne veux pas présenter cette émission.

Le jeune homme avait murmuré, Fauré réalisa qu'il tremblait.

– Je ne veux pas, j'ai peur.

– Mais c'est normal d'avoir peur avant un grand direct, mon petit, c'est le signe du talent !

– Non, ce n'est pas ça, j'ai peur d'être le prochain sur la liste. Comprenez-moi, je ne veux pas finir défiguré.

Fauré tomba des nues. Décidément, on ne pouvait faire confiance à personne.

– Vous savez ce que ça signifie ?

– Oui, vous allez me virer ou me mettre au placard. Je vais vous éviter cette peine. Voici ma démission.

Fauré ne le regarda pas quitter son bureau. Il cherchait déjà une solution de rechange. Puisque c'était ainsi, il présenterait lui-même l'émission.

Trois jours et autant de nuits que France Dubois n'était pas sortie de sa chambre d'hôtel. Elle n'en éprouvait pas le besoin, s'était reconstitué un univers clos, quelque part entre la 8ᵉ et la 34ᵉ.

Elle dormait, lisait, regardait la télévision, abusait du room-service, elle se sentait bien, à nouveau catapultée dans la sphère des possibles.

La pancarte DO NOT DISTURB était la gardienne de sa tranquillité, les femmes de ménage n'avaient pas insisté.

Scotchée à New York 1, France savait tout de la ville : la température en permanence en bas à droite (même en Fahrenheit, il semblait faire froid), les faits divers sordides dans le Bronx, les embarras de trafic, les soldes d'hiver chez Macy's.

Elle zappa sur CNN et reconnut immédiatement l'uniforme caricatural des gendarmes français. Vus de

New York, ils paraissaient ridicules, écrasés sous leurs képis et boudinés dans leurs uniformes.

Ce fut sa première pensée, d'ordre vestimentaire, la suite la ramena vers une réalité qu'elle était venue fuir.

Le correspondant de la chaîne à Paris racontait ce drôle de pays où l'on s'attaque aux vedettes de la télé. Malgré son accent prononcé, elle comprit que Michel de la Hurière était la dernière victime en date.

Elle frissonna. Certes, elle n'avait jamais beaucoup aimé ce monstre de certitudes, il l'avait draguée, elle savait qu'un jupon ne passait jamais dans son périmètre sans qu'il tente sa chance. Elle l'avait éconduit gentiment, il n'avait pas insisté, se contentant dès lors de l'ignorer totalement.

Mais le malheur efface les défauts, elle ressentit de la compassion et se demanda comment il survivrait privé de l'oxygène du direct.

Le journaliste de CNN parlait vite, elle tenta d'en comprendre davantage, mais trop tard, c'était plié, déjà les Etats-Unis s'intéressaient à un ailleurs sur la mappemonde, il ne fallait pas trop demander.

France sut que le moment était venu de sortir, c'était décidé, elle partait à l'aventure.

Elle se couvrit chaudement, délaissa son sac à main, glissa une liasse de billets verts et sa carte de crédit dans sa poche intérieure, goba un chewing-gum aux colorants à la banane, retourna la pancarte dans le sens MAKE THE ROOM et claqua la porte.

Sur les trois ascenseurs en attente, elle misa sur le bon et en conçut une joie enfantine.

Elle était à New York, elle était à New York. Dans la rue, elle eut envie de crier sa joie. Instinctivement, elle se dirigea *downtown*.

Elle marchait d'un bon pas, ses baskets New Balance semblaient épouser le lourd bitume, elle s'amusait d'un rien, la taille des limousines, les grappes de *yellow cabs*, les sirènes saturées, elle connaissait par cœur mais ça lui allait, *walk, don't walk*, elle retrouvait le mouvement.

Arrivée au niveau où les rues perdent leurs numéros, elle tomba en arrêt devant une vitrine design. Elle entra, chercha s'ils étaient toujours là, mais oui. Elle s'affala dans un fauteuil au moelleux accueillant, régla le bouton sur la puissance maximale. Le système de massage se mit en route lentement puis accentua ses efforts, il lui semblait sentir tous ses muscles, c'était trop bon, elle y resta collée un long moment en souriant. Les vendeurs la laissaient tranquille, pour un peu, ils lui auraient offert une bière.

A la fois détendue et requinquée, elle reprit sa route. Il lui restait une trentaine de blocs avant le Brooklyn Bridge, en maintenant le rythme, elle y serait pile pour le coucher du soleil.

Elle marchait, confiante, ne remarquait pas de curiosité particulière dans les regards croisés, elle était juste une jeune femme avec des cicatrices, ça ne semblait pas être une affaire.

Elle s'acheta un paquet de cigarettes, elle voulait souligner l'instant de quelques bouffées et aperçut enfin l'architecture imposante du pont.

Elle se sentait prête à l'avaler, passer de l'autre côté ne lui prendrait pas plus d'une demi-heure, elle s'offrirait un retour par le ferry.

Un déluge de ferraille se croisait au niveau inférieur, elle partageait sa bande de macadam avec d'autres piétons et s'écartait parfois devant les sonnettes des cyclistes kamikazes et les sifflets des rollers prioritaires.

Régulièrement, elle se retournait pour apprécier la moitié de pomme désormais rougeoyante.

Elle avait trouvé le tempo à présent, se sentit fildef'riste, à la fois fragile et intouchable.

Brooklyn prenait de l'importance au rythme où Manhattan s'effaçait dans son dos, sa cadence s'accentuait imperceptiblement, elle s'offrit un mile en courant puis laissa reposer les battements de son cœur, accoudée à la balustrade.

Le haut des buildings brûlait encore. Elle ferma les yeux, remplit ses poumons de l'atmosphère, resta ainsi en suspens pour bloquer la grâce. Elle ne pensait à rien, pensait qu'elle était bien, un morceau de Bruce Springsteen sortit de ses lèvres, elle ne l'avait plus chanté depuis elle ne savait quand, les paroles resurgissaient intactes, elle se refit le refrain en montant le son, elle prenait soin de prononcer correctement, se faisait sensuelle sur les sonorités, mima une batterie imaginaire, passa à la guitare, crut entendre une voix qui prononçait son nom.

Elle se retourna, fut happée par une vision et s'affaissa, dans les pommes.

France rouvrit les yeux sur une ronde de visages, elle cligna de l'un à l'autre, un homme en justaucorps lui tendit une bouteille d'eau qu'elle descendit d'une traite. Elle rassura l'attroupement d'une voix faible, on l'aida à se remettre sur pied, elle la chercha immédiatement du regard. Où était-elle passée ? N'était-ce qu'une hallucination ? Pourtant, elle aurait juré que...

C'est alors qu'elle sentit un bras familier s'enrouler autour de ses épaules, elle se retourna et eut confirmation de sa vision.

Elle ne savait que faire, rire aux retrouvailles ou pleurer au double choc, elle fit les deux, en vrac.

Elles avaient besoin de se toucher, ne se lâchaient plus, ç'aurait été comme manquer à nouveau d'air.

Main dans la main, deux moitiés à nouveau encastrées, le temps ne semblait avoir créé aucun jeu dans l'assemblage.

Les mots ne sortaient pas, il leur en faudrait tellement.

Instinctivement, elles retardaient le moment de la parole, abusaient de l'instant, se shootaient à l'ordinaire.

Elles s'installèrent dans un restaurant de Little Italy, leurs pas les y avaient conduites en passant par la Chine.

Cette fois, le face-à-face.

France réalisa tout à fait, de l'eau salée vint une nouvelle fois chatouiller ses cicatrices, elle ne savait que faire du visage ravagé d'Eve, demanda une direction face au labyrinthe.

— Qu'est-ce qui s'est passé ?

— Tu ne préfères pas qu'on reprenne depuis le début ?

— Oui, bien sûr, on va faire comme ça, mais dis-moi tout de suite qui t'a fait ça.

— C'est moi.

— Mais...

— Je vais t'expliquer, je t'assure, ça viendra, là, tout de suite, je ne peux pas. Tu veux du vin ?

— Evidemment !

— Tu vois bien qu'il faut que nous reprenions de zéro...

Elles en étaient à leur troisième café serré, le serveur ne les chassait pas, pas du tout, il considérait du coin de l'œil ce drôle d'îlot agité au milieu de son restaurant désormais désert.

Deux gouttes d'eau dont les cicatrices l'intriguaient, il semblait s'en dire dans ce langage qu'il ne captait pas.

— Si j'ai fait ça, c'était pour te retrouver.

Des yeux humides qui la braquent.

— Je ne te dis pas ça pour te faire pleurer, France, ou parce qu'on a un peu bu, qu'on est à New York et que le tiramisu était à se damner, je te jure que c'est pas du pipeau. Je te le dis parce que c'est comme ça, c'est vrai.

Une main à nouveau sur la sienne.

— Attention, hein ! je n'ai pas changé d'avis pour autant. Je crois toujours que tu n'as pas fait le bon choix, que tu t'es un peu vendue en acceptant de passer à la télé. C'était une fausse piste, France, je t'assure ! Mais si tu savais comme je m'en fous maintenant !

Le serveur aperçut un bras qui se levait.

— *Have you got some champagne ?*

Evidemment qu'il avait du champagne, au prix fort, importé de France.

Il les vit trinquer, il les vit passer un index derrière leur oreille, la goutte du bonheur.

Elles s'arrachèrent l'addition, aucune ne voulait céder, il les observa, médusé, la jouer au bras de fer.

— Passe pour cette fois, lança Eve, mais je te préviens, attends-toi à de sévères représailles...

– Je compte sur toi. Bon, que fait-on maintenant ?
J'ai l'impression que le serveur irait bien se coucher...

– Et toi, tu as sommeil ?

– Pas du tout. En plus, j'ai encore une foule de
questions et de réponses qui ne supporteraient pas que
je dorme.

– Quelle heure est-il ?

France n'en avait pas la moindre idée, elle consulta
sa montre comme on renoue avec le réel.

– Deux heures du matin, déjà !

– Ça fait huit à Paris.

– A quoi penses-tu ?

– Qu'il faudrait tout de même que nous appelions
les parents. Deux secondes, pour les rassurer.

– Mais tu es folle, ils sont capables de débarquer
illico !

– On n'a qu'à ne pas leur dire où nous sommes,
juste que tout va bien.

– Ça marche ! On va appeler d'une cabine, j'ai une
carte téléphonique.

« Vous restez sur La Première, dans un instant, le
témoignage exclusif d'une des victimes de cette sanglante série. Amélie Millet a accepté pour la première
fois d'apparaître à la télévision depuis l'agression
qu'elle a subie. Pour des raisons que vous compren-
drez, vous ne verrez pas le visage d'Amélie mais elle

sera là, en direct sur le plateau de La Première et nous saluons son immense courage. A tout de suite ! »

Fauré fixa l'écran de contrôle, attendit le départ de la pub, il avait une bonne vingtaine de minutes devant lui, bande-annonce, page de pub, bande-annonce, re-page de pub, il aurait pu citer dans l'ordre la liste des annonceurs qui avaient tenu à en être.

La maquilleuse avait bondi sur le plateau. Tandis qu'elle butinait son raccord, Fauré pensa qu'il était content de lui. C'était une bonne émission, émouvante et populaire, voilà ce que devait être la télévision aujourd'hui. Un média au service des gens d'en bas, une éclaircie dans leur grisaille, une grille de loto à cocher gratis chaque soir, un jour, peut-être, eux aussi passeraient dans l'autre camp.

« Finalement, se félicita-t-il, nous faisons du social. »

Il se repassa en accéléré le déroulement de la soirée, Michel de la Hurière avait été bombardé mythe vivant, sans doute allait-il faire un sérieux bond en avant dans la liste des personnalités préférées des Français, l'abbé Pierre n'avait qu'à bien se tenir. Sa compagne avait été parfaite dans sa figuration d'éplorée, le ministre avait dû avouer que l'agresseur était redoutable, sans doute un professionnel. Il avait annoncé la mesure qu'il était venu annoncer, un renforcement drastique des mesu-res de sécurité aux entrées des chaînes de télé et un garde du corps particulier pour les personnalités les plus en vue, ça risquait de faire des jaloux.

Et, cerise humaine sur le gâteau, il allait proposer au président de la République le nom du journaliste pour la future promotion de la Légion d'honneur.

Fauré repensa aussi avec bonheur à l'affluence téléphonique.

Le standard avait explosé, les gens appelaient en masse pour dire leur compassion ou leur tristesse, on avait même entendu un enfant raconter comment il priait régulièrement pour qu'on laisse tranquilles ses amis de la télé, ça avait dû chialer dans les chaumières.

Il constata enfin avec satisfaction qu'il n'avait rien perdu de son professionnalisme, télé et vélo, même combat, on pouvait dire ce qu'on voulait mais il fallait de la bouteille pour mener une telle émission, les jeunes d'aujourd'hui pouvaient en prendre de la graine.

Tandis que retentissait un spot du meilleur effet pour le Botox, un nouveau procédé miracle venu des Etats-Unis contre les rides, Fauré estima que l'émission en cours entrerait certainement dans les annales de la télévision française, tout un peuple en osmose avec ses représentants présentateurs, il y avait du record d'audience dans l'air, il avait hâte d'être au lendemain matin. Il replaça la mèche qui couvrait encore difficilement son front, lova son regard au fond du trou noir, l'émission reprenait, dix secondes.

David coupa l'image, il en avait assez vu, n'était pas certain de supporter le témoignage d'Amélie Millet.

Il fit une nouvelle tentative en pressant la touche « bis », toujours ce même message, que pouvait-il faire face à ce mur de silence. Il tenta de s'immiscer dans l'esprit d'Eve, de faire parler sa logique, rien à faire, il ne voyait pas où elle avait pu aller, séchait à envisager une nouvelle piste.

En fouillant dans sa mémoire, il avait retrouvé le nom des amis basques de la jeune femme, traqué leur numéro, mais non, ils n'avaient pas eu de ses nouvelles.

Il avait aussi tenté d'extorquer quelque indice à la police, mais l'heure n'était pas précisément à la collaboration avec la presse, les critiques pleuvaient dans les médias, contre l'incapacité des forces de l'ordre à faire avancer l'enquête, il n'allait tout de même pas se prévaloir du statut d'amant de la disparue.

Etaient-ils d'ailleurs encore amants ? D'un seul coup, il se posa la question, il n'en savait rien, elle était tellement particulière.

La grand-mère de David n'en perd pas une miette. La télé crache l'émission de Télé Première à fond la caisse, pendant les pages de pub, elle se relâche et éternue à tout-va. Elle pense avec soulagement que David a bien fait de ne pas choisir d'aller travailler à la télévision.

Lovée sous sa couette, Sonia Stem pleure en silence en écoutant Amélie Millet. Un bras protecteur la soutient. Elle n'est pas sortie de chez elle depuis quinze jours. N'a envie de rien.

Le vieillard dégouline de contentement. L'émission est faite pour lui. Parfumée au cognac. Il ne se lève de temps en temps que pour observer sa voisine qui regarde le même programme.

Rossi tringle une petite dans son salon. Elle est dos à la télé, ainsi il peut suivre le déroulement de l'émission.

« Mais je suis trop con, pense David, les parents, les parents Dubois ! »

Alexandra dort déjà. Elle se lève aux aurores pour présenter la météo. Elle a mis une cassette à tourner. Elle sait aussi qu'Anna lui racontera.

213

Anna émet un sifflement admiratif tandis que se déroule le générique de fin. Elle décroche au téléphone tardif qui retentit.

— Non, ne t'inquiète pas, je regardais l'émission de canonisation sur Télé Prems... Quoi ?... Mais qu'est-ce que tu racontes, Alain, mais... Comment tu dis ?... Et ça existe aux Etats-Unis ?... Bon, écoute, tu vas t'enlever ça immédiatement de la tête, bien sûr que non, tu n'es pas le coupable !... Comment je peux en être sûre ? Alors, écoute-moi bien. Le soir de l'agression de la petite de Télé Lolo là... oui, c'est ça, Sonia Stem, tu dînais bien avec ta cousine oui ou non, et vous êtes bien allés à l'opéra avant, oui ou non ?... Bon... Et pour La Hurière, tu savais, toi, qu'il joue au rugby dans tel club tel soir de la semaine ?... Réponds à ma question, tu le savais ou tu ne le savais pas ?... Tu ne savais pas, bon. Et tu as déjà regardé une fois dans ta vie Clips TV, ça m'étonnerait, tu n'as jamais dû voir un clip de ta vie tel que je te connais... C'est bien ce que je disais, donc, comment s'appelle-t-elle, Amélie Millet, la fille en ombre chinoise de tout à l'heure, tu peux me la décrire, peut-être ?... Bon, écoute Alain, je comprends que tu aies été secoué par tout ça mais il faut que tu tentes d'oublier maintenant. Tu reprends toujours le travail ces prochains jours ? Parfait, tu verras, ça ira déjà mieux... Mais non, tu ne m'as pas dérangée, donne-moi de tes nouvelles... Je t'en prie, de rien... A bientôt, je t'embrasse, ciao !

– Qu'est-ce qu'elle s'est pris dans la tronche, quand même !

– Chut !

L'indignation avait été collective, l'assemblée, réduite au strict minimum, fusilla d'un même regard noir le réalisateur de la séquence.

MCC retint ses poings dans la poche de son baggy, il avait été admis dans le saint des saints et contemplait sur l'écran de contrôle l'ombre chinoise qui taisait les dégâts sur le visage d'Amélie.

Il avait fallu faire des essais de lumière ou plutôt régler le degré d'ombre, ils avaient été quelques-uns à apercevoir la jeune femme dans sa nudité zébrée.

L'entretien touchait à sa fin, Fauré remercia chaleureusement son témoin extraordinaire.

L'image revint sur le plateau central, dans le petit studio d'à côté, le réalisateur congédia son équipe.

MCC alla cueillir Amélie à la sortie du studio, il la serra dans ses bras sans un mot. Il fallait encore sortir de là.

Les flashes crépitèrent autour d'eux, un déluge de lumière pour une cible coiffée d'un casque intégral.

– Tu crois qu'il me signerait un autographe ?

La cinquantaine d'années au compteur de l'infirmière semblait subitement devenue une trompeuse indication d'état civil.

C'était une gamine qui s'adressait à sa collègue, une fanatique qui semblait avoir trouvé une lumière dans sa vie de grisaille, elle s'apprêtait à parler à Dieu.

Derrière la porte grise gisait à portée de main cette idole qu'elle vénérait encore davantage depuis l'hommage de la veille au soir.

L'autre blouse doucha sa ferveur.

– Laisse-le donc tranquille, pour une fois qu'il est protégé des regards ! Et puis il n'est pas bien en forme, encore, tu verras ça plus tard.

Un bougonnement lui parvint en retour.

– Pis de toute façon, tu en feras quoi de l'autographe, tu l'accrocheras au mur, tu le glisseras dans ton portefeuille, tu te le colleras en évidence sur ton cœur, p'être bien ? J'comprends pas ça, moi, c'est un homme comme un autre, il va aux selles, il va vieillir, il va puer, il va mourir ! Sans compter que si ça se trouve, c'est un salaud qu'a engrossé des petites, peut-être qu'il a à se reprocher, t'en sais rien après tout.

– Toi, t'as pas dû regarder l'émission hier soir, ce gars-là, c'est un saint, il a tout pour lui. De toute façon, moi, ça fait des années que je le regarde tous les soirs, je finis par bien le connaître, qu'est-ce que tu crois, ça trompe pas, la télé, c'est un gentil, et alors, d'une intelligence ! Et puis, il la ramène pas, quand il parle, je comprends, tu vois !

216

L'amoureuse marqua un temps, elle semblait hésiter :

– Non, je te le dis pas, tu vas te foutre de moi !

– Quoi encore ? Dis-moi !

– Tu te moqueras pas, tu jures ?

– Ouais !

– Ben dis-le !

– Dis-le quoi ?

– Dis-le, je le jure !

– Ouais, je le jure !

L'illuminée baissa le ton et prit un air de confidence :

– Quand il parle à la télé, j'ai l'impression qu'il me
parle à moi.

– Ben, évidemment, c'est son boulot.

– Mais non, tu piges pas ! Tout ce qu'il dit, il le dit
pour moi. Je te jure, ça colle ! Quand j'ai un souci, je
trouve toujours une solution et c'est grâce à lui ! J'suis
sûre qu'en vrai, lui aussi, il me voit.

Elle était devenue possédée, en pleine conspiration
démoniaque.

– Il me glisse des petits messages que moi seule peut
comprendre.

L'autre avait promis de ne pas se moquer, elle tint
parole.

Interloquée, elle ne le pouvait pas.

217

David passa sa matinée à mesurer l'impact du La Hurière show.

Depuis sa moto, défilait un paysage de dos de kiosques aguicheurs. SONDAGE EXCLUSIF : 89 % DES FRANÇAIS SE DISENT PRÉOCCUPÉS PAR LE DANGER QU'ENCOURENT LES GENS DE TÉLÉ. L'illustration de une était du meilleur goût : un écran avec à l'intérieur un visage lézardé.

David pesta. Et les 11 % restants, ils s'en tapent ou ils sont sans opinion ?

Le jeu de piste sanglant acheva de l'énerver. Déjà, il s'était mal réveillé, rien n'y ferait, c'était foutu pour la journée.

Il savait de surcroît sa mission du soir périlleuse : aller frapper à la porte des parents Dubois à Versailles, un coup de fil lui aurait davantage convenu, la liste rouge le contraignait à se déplacer.

Un nouveau visage ensanglanté lui fit de l'œil à un carrefour, il fut fatigué du sensationnalisme, du schématisme, de la dictature des sondages, de cette tendance qu'on avait désormais à consulter n'importe qui à tort et à travers. On interrogeait les gens, entité nébuleuse et toute-puissante, selon des méthodes fumeuses et indiscutées, un leurre de démocratie. Ce n'est pas vrai que tout le monde a quelque chose à dire sur tout, un sentiment sur la marche du monde comme sur le retour du string. La quantité primait, argument imparable et souverain, il détestait cette époque où triomphait la loi du plus grand nombre.

Merci de votre attention

Ainsi pestait ce matin-là David, être humain unique, dans son ADN comme dans ses contradictions.

Mais le plus désagréable restait à venir.

— Divarovitch, il nous faut un micro-trottoir pour le 13 heures. La question est simple : Avez-vous peur pour les gens de télé ? Ça ne devrait pas être trop compliqué pour ton talent !

David leva un regard las vers l'auteur de la sublime commande.

— C'est non !

Le ton n'était pas provocant, ni crié, ni crâneur, non, c'était juste non.

— Et pourquoi, c'est non ?

Comment faire comprendre au directeur de la rédaction qui le toisait la simplicité de sa réponse ?

Il désapprouvait, donc il ne le ferait pas. Il était responsable, il était journaliste, pas militaire, pas écolier, plus, c'était fait, il en avait suffisamment soupé de ces années de soumission.

Aujourd'hui, il choisissait sa vie et pour l'heure, il disait non.

— Non, N.O.N. Vous le faites faire à quelqu'un d'autre si vraiment vous y tenez, il y a plein de stagiaires qui fourmillent dans la rédaction pour pas un rond, alors vous cherchez un volontaire, mais c'est sans moi.

— Parce que tu crois peut-être que tu es en mesure de choisir tes sujets, mais qu'est-ce que tu crois, Divarovitch, que tu es devenu un intouchable du journalisme, une conscience morale qui serait salie par les gens de la rue ? Mais réveille-toi, mon vieux, il ne faudrait pas grand-chose pour que tu dégringoles jusqu'au point d'où tu viens. Mais sans doute, monsieur a-t-il oublié, monsieur se croit arrivé ! David Divarovitch, exclusivement en lice pour le Pulitzer ! Alors, je vais être très clair. Soit tu nous le fais, ce putain de micro-trottoir, soit...

La menace resta en suspens. David venait de tourner les talons. C'était risqué mais c'était digne.

« Soit quoi, espèce de connard ? Une fessée déculottée devant la rédaction tout entière ? Des brèves à rédiger cent fois au style à plume ? Ou alors, tu me vires ? Eh bien c'est ça, vire-moi ! Je n'en peux plus de tes idées à deux balles ! »

La colère le faisait trembler, il estima plus sage de garer là sa moto, il entra dans un bar, il avait quartier libre, il se l'offrait, en avant-première puisque visiblement il aurait du temps à revendre dans pas longtemps.

Il s'installa à une table, sortit un livre de sa poche. Il allait se la couler douce, finalement, c'était une excellente nouvelle, cette journée buissonnière, il ne les supportait plus.

Il s'enfonça dans son polar.

Une heure plus tard, il tenait le coupable. Il n'avait rien vu venir et se dit qu'il aurait fait un très mauvais détective privé, étranger au machiavélisme des humains.

D'une énigme l'autre, il se retrouva au chevet de sa propre vie et s'en moqua, un scénario de belle facture, sang et sentiments.

« Les balafrées de la télé », quelle histoire, quand même ! Sans doute des producteurs de cinéma louchaient-ils déjà sur une possible adaptation, ils n'attendaient plus que le dénouement.

Il réalisa qu'il ne s'était pas souvent demandé qui pouvait bien être le coupable. Fallait quand même être détraqué pour enfiler un manteau de fourrure et une cagoule noire et jouer ainsi de son cutter !

L'heure du déjeuner pointait, il eut envie d'un plat de sa grand-mère.

Il la trouva au lit. Elle ne s'était pas déplacée pour venir lui ouvrir la porte. C'était compliqué avec elle, l'improviste, il avait fallu faire un crochet par l'appartement de la blonde, insupportable et irremplaçable blonde, elle avait des défauts, mais elle avait la clé.

David s'était approché tout doucement pour ne pas lui faire peur, sa grand-mère commença par faire la fanfaronne.

– Tu vois comme c'est bien, à mon âge, on peut rester couché si on en a envie !

– Ton cœur s'est encore emballé ?

– C'est rien.

Pour elle, c'était toujours rien, la certitude du pire pour les autres.

Elle avait passé sa vie à s'en faire, une catastrophe en permanence au coin de la pensée. De sa vie, elle ne se sentirait jamais rassurée.

– Qu'est-ce que tu fais là, d'abord, tu ne travailles pas, aujourd'hui ?

– Tu pourrais au moins exprimer ta joie de me voir...

– Oh, bien sûr David ! Tu n'as pas de soucis, au moins ?

– Ne t'inquiète pas, tout va bien. J'avais juste envie de te voir.

Elle contourna le compliment, des fois que ça porte malheur.

– C'est ça, tu n'as pas mieux à faire que de perdre ton temps avec ta vieille grand-mère !

– Ben non, tu vois.

Le sujet semblait épuisé, la soirée télé de la veille s'immisça dans l'interstice.

– Tu as regardé le programme de la première chaîne hier soir ?

– Oui, comme ça.

– Dis donc, cette fille qui a parlé, quel courage !

– Tu trouves ?

– Oui, c'est une chic fille, ça s'est senti.

– Et tu penses quoi, toi, de tout ça ?

– Heureusement que tu ne travailles pas à la télévision, je m'en ferais, du mouron !

– A part ça ?

– Oh, tu sais, David, ça me dépasse un peu toute cette histoire. Je trouve que c'est une drôle d'activité, celle qui consiste à faire semblant d'être naturel. Mais je suis d'une autre époque. Mon monde, il n'était pas comme ça, pas fait pour l'apparat. Tout ce que je peux dire, c'est qu'il faut être vraiment malheureux pour faire ça !

– Pour passer à la télé ?

– Non, pour empêcher les autres de le faire.

– Tu as raison, je n'avais pas vu les choses comme ça.

– Bon, David, sers-toi à manger dans la cuisine, il reste de la soupe d'hier soir et tu peux te faire cuire le bifteck, normalement, il est bon.

– Et toi, tu ne manges pas ?

– Ne t'en fais pas pour moi, je n'ai pas faim.

Quand il revint, elle s'était assoupie. Il remonta la couverture, appuya un baiser sur sa joue ridée. Et il se força à chasser ses pensées tristes.

Sur la route de Versailles, il admit que sa grand-mère avait raison. Il était constamment frappé de la justesse

223

de ses visions, à croire que souvent les sourds y voient plus clair.

Quelle que soit l'identité de l'agresseur, sans doute son geste trouvait-il sa motivation dans le moteur du malheur. Une fois qu'on avait dit ça, on se retrouvait au point mort. Et il ne fut pas loin de s'inscrire immédiatement sur la liste des suspects.

A l'instant précis où il sortait de l'autoroute, il se sentit plombé comme rarement. Il détestait cette vie qui ne menait qu'à la mort.

Il se reprit, il arrivait.

La femme qui lui ouvrit la porte, il lui sembla la connaître déjà. Son élégance un peu fanée soulignait la beauté de son visage, il y était inscrit le manque de sommeil, le noir lui allait bien.

— Pardon de vous déranger, David Divarovitch, je ne vous cacherai pas que je suis journaliste, mais...

— Je sais.

A l'économie des mots succéda celle des gestes, elle s'effaça pour le laisser entrer.

— Vous avez mis du temps à venir, furent ses autres paroles.

— Je...

— Bon, installez-vous. Nous n'allons pas tourner autour du pot, vous et moi. J'ai eu des nouvelles de mes filles hier au soir, elles sont ensemble, elles vont bien. Ne me demandez pas où elles sont, je n'en sais rien. Vous devez me penser soulagée, effectivement. Je n'ai pas eu la force de prévenir la police, je suis fatiguée de tout cela. Vous serez gentil de le faire pour moi. Enfin, disons que vous pouvez l'annoncer à la radio, le reste suivra. Voilà, monsieur Divarovitch, ne m'en veuillez pas mais nous allons mettre un terme à notre entretien, je vous l'ai déjà dit, je suis épuisée. Je vous remercie de vous être déplacé et je vous souhaite une bonne soirée.

Puis elle se retira sans prendre la peine de le rac-compagner.

David resta quelques minutes à s'emplir de la grande pièce impeccable. Il régnait une atmosphère de musée, totalement hermétique à la vie du dehors. Il imagina un instant les jumelles enfants dans ce décor mortifère, il lui sembla soudain mieux comprendre.

Dehors, il réalisa la nouvelle. Eve et France allaient bien. Là était pour l'heure son immense essentiel. Il venait en outre de décrocher le scoop le plus facile de sa carrière.

Ils étaient mignons, tous les deux, l'un gisant, l'autre siégeant sur une chaise à côté, le pyjama rayé et le costume trois-pièces absorbés de concert, le regard levé vers le téléviseur d'hôpital qui s'apprêtait à délivrer un spectacle vital : le 20 heures n'allait plus tarder. Le présentateur horizontal s'attendait à avoir mal, bien que son patron lui eût annoncé à l'instant avoir ressorti du placard un inoffensif tocard.

Le corps affaibli de La Hurière tressaillit aux premières notes du générique. Fauré eut dans la foulée un léger emballement de la lèvre supérieure quand fut aboyé le premier des titres de l'actualité : « France Dubois et sa sœur Eve vont bien. Leur mère a eu de leurs nouvelles, révélation de nos confrères de La Publique... Reportage dans un instant... Des agents dans les écoles, pour pallier le manque de civisme... »

— Pallier le..., articula Michel de la Hurière.

Fauré considéra le corps allongé, il allait bien falloir qu'il lui pose la question, il fallait faire vite, l'enjeu était d'importance, à coups de médiocrité et de fautes de français, l'audience risquait de filer à la concurrence, une mécanique allait s'enclencher, il savait la fragilité des majorités, anticipant d'ailleurs largement quand pointait une alternance politique. Et pourquoi pas maintenant ?

— Michel, je sais que pour toi, la priorité est de récupérer et de te reconstituer, je le comprends parfaitement, nous allons te laisser du temps, ne t'angoisse surtout pas pour ça, nous te gardons une place au chaud.

Le corps ne semblait pas particulièrement réagir, les deux regards étaient encore hypnotisés par l'écran.

— Mais Michel, j'ai besoin de savoir quelle place exactement. Et puis, par respect pour ton immense talent, je voudrais que tu contribues largement au choix de ton remplaçant. J'ai déjà quelques idées, je t'en parlerai, il est probable que j'aille faire mon marché en dehors de la chaîne. Pourquoi ne profiterais-tu pas de cette période pour chasser des têtes ? Tranquillement, chez toi, avec ta zappette ! Sur le câble, il y a peut-être des trésors ! Moi, je n'ai pas le temps, avec toutes ces chaînes qui font de l'info maintenant. Enfin, qui font de l'info, façon de parler !

Comme toujours, Fauré tarda à regarder son interlocuteur. Quand il pensa enfin à le faire, il tomba sur un visage métamorphosé, La Hurière le fixait d'une expression figée, il ne semblait pas même cligner des yeux.

– Quelque chose ne va pas, Michel ?

Un murmure lui répondit qu'il ne saisit pas. Il fut contraint d'approcher de ce corps qui le répugnait un peu. Il ne supportait pas de voir la faiblesse en face.

– Je veux continuer à présenter le journal.

Fauré se redressa, frappé de stupeur.

– Enfin, Michel, tu n'y penses pas ! Tu... tu ne peux pas montrer ce visage-là à la télé !

– Et pourquoi pas ?

Fauré s'était levé, c'était une sacrée guigne qui lui tombait dessus, décidément, le manque de lucidité des gens ne cessait de l'étonner, il lui semblait pourtant évident que la place d'un type défiguré n'était pas à la télé.

— Mais parce que ce n'est pas possible !

— Qu'est-ce qui n'est pas possible ?

— Je t'en prie, Michel, ne m'oblige pas à te dire des choses désagréables. Je ne sais pas si tu te rends très bien compte de ton état. C'est normal, tu me diras, après le choc que tu as subi. Ecoute, mon petit Michel, voilà exactement ce que nous allons faire : tu prends ton temps, tu te reposes et nous en reparlons très prochainement.

Michel de la Hurière se redressa péniblement, puisa dans d'aléatoires réserves d'énergie pour répéter :

— Je veux continuer à présenter le journal.

Décidément, il ne comprenait pas. Fauré sortit sans se retourner.

Trois ans plus tard...

Alain Mercier accrocha son regard au loin sur la pointe de la tour Eiffel qu'il apercevait par temps clair depuis la petite fenêtre de son bureau.

Le mot juste lui échappait. Pas compliqué au demeurant ce mot, pourtant, il fuyait.

— Quelqu'un de rusé, articula-t-il tout haut afin de ramener le rebelle au bercail, pour parvenir à ses fins, use de... de...

— Stratagèmes ! lança une voix dans son dos.

Mercier se retourna et découvrit son patron, il ne l'avait pas entendu entrer.

— Exactement, stratagèmes, je ne connais que lui, mais allez savoir pourquoi, il ne venait pas ! Merci, j'ai bientôt fini, je serai prêt pour le journal.

— Ne courez pas, mon petit Mercier, il vous reste... (L'homme, sanglé dans son costume gris comme dans son exactitude, consulta la grosse pendule digitale.)... neuf minutes et vingt-trois secondes, je venais juste vérifier que tout allait bien.

– Ça va aller, je relis et j'imprime. On a pu avoir des réactions ?

– Oui, Rossi a appris la nouvelle à sa femme, enfin, à sa veuve. C'est un document poignant, il fait l'ouverture et vous passez immédiatement après. A tout de suite ! Ne traînez pas quand même...

Le nécrologue fit courir un œil rapide sur la page qu'il venait de noircir, actionna l'impression et sauvegarda.

Et voilà ! Une nouvelle vie racontée en une minute trente, c'était sa... il fit défiler rapidement la liste des destinées entreposées sur le disque dur de son PC, sa deux cent cinquante-deuxième !

Il n'avait pas le temps, il le savait bien pourtant, qu'il n'avait pas le temps, mais il ressentit le besoin d'en faire revivre quelques-unes, comme on dépose un bouquet sur une tombe.

Il laissa au hasard le soin de choisir un nom et tomba sur James Chardonne. Date : 25 décembre 2000. Circonstances : suicide. Enterré dans le caveau familial aux côtés de son père dans le petit village de Saint-Pierre-l'Ecole.

Trois ans déjà ! Il y aurait trois ans dans quelques semaines, Alain Mercier se dit en vrac qu'il n'avait pas vu le temps passer, qu'il n'avait jamais repensé à lui et aussi qu'il venait de tomber sur la nécrologie la plus délicate de sa carrière.

Il se souvint avoir longuement hésité à la rédiger

230

lui-même avant de se décider, malgré tous les mal gré. Il s'était efforcé de faire abstraction de ses ressentiments personnels, tout homme méritait un point final. Il s'en était tenu aux faits, aux points saillants du parcours, avait gommé les saloperies dans la marge et n'avait pas tenté de faire parler l'ultime point d'interrogation.

James Chardonne resterait à jamais un mystère, sans doute sa méchanceté disait-elle son malheur, un incurable.

Mercier sursauta en entendant sonner le carillon de dix-neuf heures. Sur le chemin du studio, il eut envie d'une cigarette, ça le reprenait encore, moins souvent mais toujours aussi intensément. Il fit diversion en pensant à sa petite Suzie, il l'imaginait courir vers lui quand il ouvrirait la porte de leur appartement. Elle ferait des fautes de français qui le feraient rire, elle se serait préparée pour aller dîner en ville. Il lui montrait Paris à travers ses restaurants, elle se repérait davantage à Maxim's qu'à l'Arc de triomphe. Si on lui avait dit qu'il goûterait un jour au bonheur grâce à une rencontre hypothétique avec une Américaine légère mais volontaire, il se serait obligé à repousser l'illusion.

Il avait réalisé depuis qu'il devait très indirectement ce cadeau à James Chardonne. La chaîne des événements était assez ironique : injustement accusé, exilé malheureux, et finalement amoureux. La roue finit toujours par tourner, quoi qu'on dise.

231

Au nom d'Alain Mercier, Anna monta le son. Maudit une queue-de-poisson. Sourit à la chute du papier. Ne compatit pas au talent fauché. Savait toujours pas faire semblant.

Un automobiliste l'insultait. Elle verrouilla les portes. S'offrit un doigt d'honneur. Elle était en retard. Alain allait bien. Elle l'avait senti à son ton. Positif filigrane. « C'est fou comme la roue tourne », pensa-t-elle avant de penser à la pauvreté de sa pensée. Et alors ! Des richesses viennent parfois se nicher dans des pauvretés, de pauvres pauvretés !

Elle zappa sur une musicale, entonna un refrain à pleins poumons : « L'amour comme un boomerang, la la la mon cœur blessé », ce feu rouge n'en finissait pas, le type d'à côté donnait du moteur, Anna démarra en souplesse, le grilla et se prit un appel de phares. Elle ne réitéra pas son geste obscène, un par jour, c'était son nouveau quota, elle tentait d'arrêter.

La roue tourne, l'association d'idées la propulsa à l'époque où elle évoluait dans le monde des jeux télévisés, une roue, une voiture à gagner, elle s'était ennuyée comme jamais, finalement, tout plaquer n'avait pas été cet acte de courage décrit par les autres, sa vie même était en danger, plutôt partir que dépérir à petit feu. Elle s'était toujours juré de mourir brutalement ou pas du tout.

Elle avait bien négocié son départ de La Première grâce à quelques petits secrets savamment agités. Eventés, ils auraient fait tâche, considérablement.

Elle revoyait la tête de son patron, Fauré, quand elle avait lourdement exprimé son dégoût pour les pédophiles de luxe, installés dans la vie, socialement reconnus, mais pédophiles maladifs, allant se fournir dans des pays où la misère ne laisse le choix de rien.

Le notable démasqué insista vraiment pour la licencier avec une grosse enveloppe étouffante. Anna trouva le tarif de sa revanche encore trop bon marché. Elle ne quittait toujours pas le bureau du dernier étage, en avait encore sous la semelle. Quel scandale, tout de même, ces jeux télévisés aux règles pipées ! Ne gagnaient que les récolteurs d'audience, les fédérateurs aimés du plus grand nombre, on s'arrangeait pour disqualifier les autres candidats, incollables pour certains mais pas assez télégéniques. Vous rendez-vous compte si un jour ça se savait, avec preuve formelle, l'enregistrement d'une conversation très très compromettante, vous n'allez pas me croire, je garde la cassette bien au chaud chez moi.

Il la crut. La jeune femme était repartie le compte en banque boursouflé, s'était inscrite au chômage sans l'ombre d'un scrupule et s'était décidée pour le blanc immaculé du Groenland. « L'extrême froid supporte la solitude », avait-elle en vain tenté d'expliquer à Alexandra qui était en manque de cocotiers.

— Allô, Alex, je suis à la bourre, je fais ce que je peux mais la ville est totalement asphyxiée, je risque de... J'te laisse, y'a un flic !

Trop tard, c'était trop tard, le képi lui indiquait le bas-côté de l'avenue.

Elle coupa le moteur, opta pour un sourire benêt.

— Bonjour, mademoiselle, vos papiers, je vous prie.

— Tout de suite, monsieur l'agent.

— Vous savez, j'imagine, qu'il est interdit de téléphoner dans votre véhicule ?

— Oui, bien sûr, téléphoner ou conduire, il faut choisir !

— Effectivement. Et pour conduire, il faut attacher sa ceinture.

Anna se composa un visage de gêne et de douleur.

— C'est-à-dire, monsieur l'agent, comment vous expliquer ? C'est délicat... Vous savez que les filles, chaque mois, euh... eh bien voilà, la circulation a ses règles, les filles aussi, et il se trouve, monsieur l'agent, il se trouve que les deux sont incompatibles, impossible de boucler sa ceinture dans ces moments-là, ça fait horriblement mal, la ceinture scie le ventre, personne n'en parle mais je vous assure qu'il faut vraiment être une femme pour pouvoir comprendre. Moi, ma ceinture, je la boucle systématiquement, je n'ai pas spécialement envie de finir défigurée, pas du tout même, mais voilà, ces jours-là, je ne peux pas !

Anna se mordit l'intérieur des joues pour juguler le rire qui montait devant la tête interloquée du jeune homme en uniforme.

Elle emporta tout à fait la partie en se faisant ange.

– Bon, d'accord, circulez, mais peut-être faudrait-il que vous ne conduisiez pas dans ces moments-là et surtout évitez de téléphoner au volant, ou alors, investissez dans l'option mains libres, vous savez qu'on propose des modèles pas trop chers de nos jours...

– Et alors là, c'est tout juste s'il ne m'a pas fait la bise avant de partir !

Alexandra manqua s'étouffer, tenta de parler, mais non, elle hoquetait de rire, elle finit par retrouver son souffle et promit à Anna d'appliquer la stratégie menstruelle dès le prochain contrôle.

Elle venait l'ombre d'un instant d'oublier sa célébrité, c'est notamment pour ça qu'elle aimait la compagnie d'Anna, un gage permanent de normalité.

– Bon, tu viens, samedi soir ?

– Mais Alex, tu sais bien que c'est tout ce que je déteste !

– Justement, traite le mal par le mal, et puis je te rappelle que ton émission est nominée, imagine que tu l'emportes, c'est l'occasion de dire en direct ce que tu as sur le cœur ! Une belle sortie de productrice pas encore moulée dans les normes du système !

— Mais non, tu sais bien que c'est toi qui vas faire l'événement, je suis sûre que tu as déjà préparé ton discours.

— Je te promets que non. En revanche, j'ai prévu quelque chose mais je ne peux rien te dire.

— Même à moi ?

— Surtout à toi.

— Et elle est d'accord ?

Alexandra passa du soupir au sourire.

— Mais comment fais-tu pour toujours tout deviner ?

— Il suffit d'observer. Et aussi de tenter des pistes, prêcher le faux. Parce que le faux, c'est immense. En anglais, ils ont un mot très efficace, ils disent *fake*. Efficace, dans le sens comme dans la sonorité. Tiens, dis-le à voix haute, pour voir, *fake*.

— *Fake*.

— Non, mieux que ça, diphtongue bien sur le a.

— *Fai...i...i...ke...*

— Oui, enfin, pas trop non plus. Tu sens le vide là, tu sens la vacuité, le bidon, la breloque qui se la raconte dans l'ostentatoire, tu sens le faux, la prétention et la mauvaise qualité réunis ? Tous ces gens qui mériteraient d'être inculpés pour faux et usage de faux !

— Admettons, et alors ?

236

– Alors, à force de *fake*, on finit par entrevoir des bouts de vérités... tant de couches pour dissimuler le vrai, ça ne fait en définitive qu'attirer l'attention... Et moi, j'adore ça, chercher les pépites sous l'ozone... Enfin, bref, foin de *fake*, comment va-t-elle ?

– Qui ça ?

– Ben, France Dubois !

– Ah oui ! Excuse-moi, je pensais encore à ta grande théorie sur les falsificateurs. Elle va beaucoup mieux. J'essaye de la pousser à reprendre une activité, trois années, c'est déjà très long ! Tu me diras, elle n'a pas de soucis d'argent, sa famille est derrière elle, mais il manque un sens à son existence. J'imagine que pour cicatriser tout à fait, il faudrait surtout qu'elle sache qui lui a fait ça. Qui et aussi pourquoi. C'est sans doute la raison pour laquelle elle a refusé ta proposition.

– Oui, mais à mon avis, sa jumelle ne l'a pas précisément incitée à accepter non plus.

– Ne m'en parle pas, elle me fiche les jetons, cette Eve. Je la croise forcément depuis qu'elles vivent ensemble. Tu vois, Anna, autant France est une fille charmante, gentille, limpide, autant avec Eve, j'ai beaucoup de mal. D'ailleurs, Eve n'était pas d'accord pour que France monte sur scène avec moi en cas de récompense. J'ai réussi à la convaincre mais j'espère que sa sœur ne va pas la faire changer d'avis au dernier moment...

– Tu te rends compte, si tu l'emportes avec France

Dubois à tes côtés et que l'émission « Simili » gagne également, je connais des téléspectateurs qui vont tenter de régler leur téléviseur !

— Quand même, Anna, tu as réussi un sacré pari avec ton idée déjantée. Comment savais-tu que les gens supporteraient une émission exclusivement présentée par des présentateurs zébrés ?

— Je ne le savais pas, je l'espérais.

— Et pourquoi crois-tu que ça marche autant ?

— Par voyeurisme, évidemment ! Tu connais le phénomène des bouchons quand il y a un accident sur la route ? Là, c'est pareil, le besoin de voir. Tu mêles à ça une empathie pour le malheur, la lassitude de l'uniformité, et aussi le facteur humain ! Regarde La Hurière, depuis ce qui lui est arrivé, quand il annonce une catastrophe, on compatit immédiatement ! Lui au moins, il sait de quoi il parle.

— A qui le dis-tu ! Quand nous étions ensemble, il ne pensait qu'à lui, lui et lui. Aujourd'hui, c'est à peine si je le reconnais, il a dû en baver pour opérer un tel changement de cap à cent quatre-vingts degrés ! Et puis, tu vas rire, je le trouve tellement plus séduisant avec son sourire en forme de cicatrice ! Moi, ça me donnerait presque envie de lui rendre le sourire pour de bon ! Non, je plaisante ! En tout cas, Anna, Amélie Millet, chapeau, quel talent ! On est loin des clips minables qu'elle présentait avant ! Quand elle parle d'un livre, c'est bien simple, j'ai envie de faire ouvrir les librairies la nuit pour courir l'acheter !

— Et Sonia Stem, tu la trouves comment ?

— Ecoute, pas si mal ! Bon, on sent bien que son rôle, c'est de mettre les pieds dans le plat, mais dans ce registre-là, elle s'en tire honorablement.

Alexandra fut traversée d'une curieuse réflexion, elle se lança.

— Dis donc, Anna, il te faudrait presque d'autres victimes pour étoffer ton émission !

— Pas drôle.

Le café arrivait, Anna embraya.

— Et toi, Alexandra, tu te portes bien ?

— Faut pas se plaindre. Je ne te dis pas que la météo me passionne mais Fauré m'a promis une émission en deuxième partie de soirée pour la rentrée prochaine, alors je patiente...

— Tu as regretté de ne pas avoir fait des essais pour le 20 heures ?

— Pas une seconde. Ce n'était pas pour moi, trop tôt ou pas du tout. Je vois tellement de gens qui ne sont pas à leur place autour de moi... il y a un timing pour tout, dans la vie, j'ai au moins appris ça.

— Et dans ton cœur, quel climat ?

— Idem. Le gros dos, je crois que je n'ai pas la main. Jeu d'attente.

— Des nouvelles de David ?

— Je lui ai envoyé un mot à la mort de sa grand-mère, pas de réponse, je respecte. Je le laisse se reconstruire et on verra bien si je ferai partie de ses plans pour le futur.

Un ange passa puis l'addition.

— Bon, Anna, tu viens samedi soir ?

— Je ne sais pas encore.

— Au nom du fake !

Anna eut un drôle de sourire.

— Tu as toujours su me parler, toi !

— Salut, frangine pour de vrai, à samedi.

Elle fit de petits bonds sur le trottoir.

— A samedi, à samedi, je te dis à samedi, si ça te dit, à samedi !

Anna la considéra avec tendresse. Alexandra avait pour elle d'avoir su rester mutine.

— Dites donc, monsieur Tremblard, on s'est fait beau à ce que je vois ! C'est pour moi ou pour la grande soirée de récompenses de la télévision ? Ne répondez pas, vous risqueriez de me vexer !

Admirable infirmière qui trouvait encore la ressource de s'essayer à l'humour.

— C'est l'heure de vos médicaments. Comme convenu avec le docteur, nous avons divisé votre dose par deux. N'hésitez pas à prévenir ma collègue de nuit si vous ne vous sentez pas bien. Bon, je vous laisse maintenant, monsieur Tremblard, c'est samedi et je finis mon service à dix-huit heures. Je vous souhaite une bonne soirée et j'espère que la petite Alexandra Sadoul va l'avoir, j'ai bien remarqué que c'était votre chouchoute !

Le regard du vieillard n'indiqua rien de particulier, comprenait-il seulement quand on lui parlait, il ne semblait animé de sentiments que devant la télévision. Les autres pensionnaires de la clinique psychiatrique l'avaient d'ailleurs surnommé « zappette ».

Il passait ses journées aimanté au petit écran de la salle commune, se chargeait personnellement d'y faire la poussière et pouvait devenir agressif si quelqu'un d'autre tentait de changer sa chaîne.

La question s'était posée à son arrivée deux ans auparavant de savoir si le sevrage total s'imposait, le vieillard avait été déclaré irresponsable par la cour d'assises de Paris, il ne possédait pas sa tête quand, armé d'un fusil de chasse, il avait allumé tous les téléviseurs de Darty République avant de faucher sur sa lancée cinq clients dont deux enfants.

Finalement, non. La télé le calmait, autant le laisser la regarder pour le faible restant de ses jours, pendant ce temps-là, il n'ennuyait personne.

Monsieur Tremblard s'installa sur sa chaise préférée, celle au premier rang en face de l'écran.

Il n'était pas en retard, la soirée ne débutait que deux heures et demie plus tard.

En cherchant sa chemise blanche, son unique, David tomba sur la cravate noire et reçut un coup en plein cœur. Il saignait, c'était sûr, à l'intérieur. Il dut s'asseoir un instant, se sentit à nouveau désemparé. Il était bien obligé de reconnaître que, même sans elle, la vie pouvait continuer. La preuve, il vivait, enchaînait des journées automatiques où il se surprenait à rire, à se passionner pour un reportage ou un regard.

Jusqu'au moment où l'inconcevable le flinguait à nouveau sur place, elle était morte.

Le pire était à moto. Il lui était même arrivé d'emprunter mécaniquement la route menant au petit appartement.

En rêve, il déjeunait encore régulièrement en face de la petite bonne femme en tablier.

Depuis ce 1er novembre de l'année précédente, David tenait registre des variations de sa douleur.

La décharge d'abord quand il avait reçu le coup de fil de la blonde.

Comment avait-il conduit ce jour-là pour rejoindre la porte de Clignancourt au plus vite, il ne s'en souvenait plus du tout, une ambulance stationnait déjà devant l'entrée de la HLM. Au moment précis où il garait sa moto, on sortait une civière portant la personne qui lui était la plus chère au monde. Elle avait encore eu la force de lui sourire : « Ne t'inquiète pas, ne t'inquiète pas pour moi, mon David, là où je serai, je serai avec toi. »

Voilà ce qu'il avait lu sur le visage chéri, dernière image, sa grand-mère était morte en arrivant à l'hôpital, crise cardiaque.

Au cimetière juif de Bagneux, costume noir, cravate noire, les larmes masquées par des lunettes noires, il faisait un temps splendide, il avait prévenu quelqu'un, là-haut, qui que ce fût, des probabilités de gigantesques crises d'éternuements.

Et il était reparti foudroyé.

Elle lui manquait chaque jour, chaque jour.

Il n'avait gardé de ses effets personnels que la collection de *Télé 7 jours* qu'il continuait chaque lundi à alimenter comme on allume des bougies, pour le souvenir.

David réalisa soudain qu'il n'était pas en avance. Comme souvent, il se raccrochait aux obligations de son métier, n'hésitant jamais à surcharger la barque.

Il s'était proposé pour couvrir la cérémonie des récompenses à la télé. Non pas que la perspective d'une soirée guindée l'enthousiasmât particulièrement, plutôt l'inverse, mais il se méfiait encore de lui-même, avait choisi d'occuper le vide coûte que coûte.

Il fila sous la douche.

En se rasant, il se demanda si elle l'aurait. Il voyait déjà la scène. Son micro tendu à Alexandra. Faire semblant face à elle, son unique amour, qu'il n'avait pas revu depuis trois ans.

Il ne lui en voulait plus, c'était même devenu hors

de propos. Il avait été content de son petit mot, c'était tout.

Il verrait bien, tout à l'heure. Il lui souhaitait même d'être récompensée, tiens, il se souvint que sa grand-mère l'aimait bien, Alexandra, comme présentatrice de la météo.

Contrôle du Nagra, y aller maintenant.

Dix-neuf heures, un samedi de décembre.

Alexandra se contorsionne pour monter la ferme-ture Eclair de sa robe noire, absente, la main complice qui pourrait l'aider.

Alain Mercier rassure Suzie. C'est promis, il ne ren-trera pas trop tard.

Eve Dubois boude. Ne comprend décidément pas sa sœur jumelle, France Dubois, qui s'apprête à plon-ger la tête la première dans la mascarade.

Le vieillard Tremblard bave, signe de contentement.

Anna jure. Le trait noir a ripé sous la paupière, tout à refaire.

Michel de la Hurière grimace, comme toujours quand il doit se raser.

Fauré paye d'avance la call-girl qu'il a louée pour la soirée.

Dix-neuf heures, un samedi de décembre, Amélie Millet et MCC passent chercher Sonia Stem et son fiancé.

— Oh, là, là ! tu es drôlement jolie, Sonia ! Grand couturier ?

— Pas du tout. Vingt euros chez Guerrisold.

— Tu devrais laisser le prix dessus ! lança MCC dont les yeux en étaient déjà réduits à deux têtes d'épingle.

Amélie lui décocha un regard assassin, il aurait quand même pu faire un effort, attendre un peu pour fumer et aussi changer de tee-shirt, elle n'était pas certaine d'ailleurs que ses baskets passent les barrières de sécurité. Oh puis après tout, c'était son problème s'il continuait à végéter dans une provocation systématique et stérile.

— Entrez ! enchaîna Sonia, on a le temps de boire un drink, j'ai commandé un taxi pour dix-neuf heures quarante-cinq.

— Et pourquoi pas quarante-huit ? répliqua MCC qui tenait la grande forme.

Les deux filles décidèrent de l'ignorer.

— Où est Jérôme ? cria Amélie en direction de la cuisine où Sonia s'affairait à préparer l'apéritif.

Elle ne pouvait détacher son regard de la photo posée sur la télé, vestiges de la présentatrice immaculée d'autrefois, c'était il y a mille ans.

— Descendu promener le chien.

(Le chien-chien à son pépère et à sa mémère !)

Sonia revint, une bouteille de champagne à la main.

– Tu le verrais, Jérôme, depuis une bonne semaine, il a un trac fou pour moi !

– T'as qu'à le lui pomper à la source, son trac !

– Vous avez fixé la date finalement ?

Des lumières clignotèrent dans les yeux couleur charbon de Sonia.

– Oui, c'est pour le 30 juin. On a eu un mal de déments à trouver une salle libre pour la réception, c'est à croire que le pays entier se marie en juin !

Un voile vint masquer le regard d'Amélie, nul ne le remarqua, Sonia barrée dans ses étoiles, MCC dans son ailleurs artificiel.

Amélie se revit, un soir d'émission. C'était juste au début de « Simili ». Après bien des hésitations, elle avait accepté la drôle de proposition d'une productrice : une émission présentée par les victimes de l'agresseur en série. L'idée lui était d'abord apparue insupportable et même physiquement impensable. Mais Anna avait su trouver les mots, une façon, disait-elle, de regarder votre figure défigurée en face, de désamorcer la blessure en la banalisant, vous avez carte blanche, que souhaitez-vous faire ? Elle avait toujours eu envie de parler de livres. Son vœu à peine formulé, elle comprit qu'elle venait d'accepter la proposition.

La première fut une épreuve effroyable, depuis, elle se surprenait souvent à éprouver du plaisir.

Et elle n'avait encore rien vu.

Le sentiment lui tomba dessus un soir d'émission,

elle vit arriver la foudre en direct. Le sujet lancé par Sonia n'était pas parti, panne de magnéto, la chroniqueuse avait dû combler l'espace sans filet, elle avait choisi de raconter son rêve érotique de la nuit passée avec un naturel adorable. Amélie, qui attendait son tour en régie, avait senti son cœur se soulever, double salto arrière, retombée impeccable sur la case amour, au même moment, elle sut aussi que jamais elle n'aurait Sonia.

– Tu crois qu'on va l'avoir ?

– ...

– Ouh ! ouh ! Amélie, t'es où ?

– Excuse-moi, je rêvassais. Tu disais ?

– Tu crois qu'on va l'avoir, le prix ? Je suis tellement excitée !

– Je ne sais pas, on verra bien. Peut-être serait-il temps d'aller chercher Jérôme ?

– Va chercher, cherche, cherche !

– T'as raison, il est déjà quarante. Je connais les taxis, toujours un peu en avance pour faire tourner le compteur ! Ne bouge pas, j'appelle Jérôme sur le portable... Allô, chéri ? Il faut qu'on y aille ! La diarrhée ? Quel genre de diarrhée, c'est dur ou c'est mou ?

– Qui est-ce qui s'est chopé la courante, le chien ou le mec ?

– MCC, arrête un peu ! Tu vas finir par me faire honte.

– Oh là, cool, Amélie ! Elle me fait juste kiffer ta

247

pote, avec sa petite bouille de precieuse, mais je l'aime bien, c'est pour ça que je la vanne, maximum respect ! Et puis, faut me comprendre, de voir le bizz, ça me rend nerveux !

Une clé dans la porte, un chien fou avant-coureur d'un jeune homme propre baptisé Jérôme.

– OK, les amis, on file, c'est parti pour la grande aventure !

– Qu'est-ce que tu as beau !

– Tu ES beau, Suzie, du verbe être, *to be*, pense à *To be or not to be*.

– *What's that ?*

– OK Suzie, *never mind*. Bon, j'ai programmé le magnétoscope, *the video player*, surtout, tu ne touches à rien. Tu regardes ton épisode de *Friends*, comme tu connais les originaux par cœur, tu pourras parfaire ton français, *to practice*, et quand je rentre, on met la cassette et on regarde la soirée ensemble.

– *I hope Anna n'as pas trop jolie ?*

Alain Mercier se leva et prit Suzie dans ses bras. La remercier pour sa jalousie, la remercier d'être là, d'avoir traversé l'Atlantique. Il ne parvenait toujours pas à y croire tout à fait.

– C'est toi que j'aime, *my darling*. Toi, et rien que toi, *only you*.

Mercier posa sa tête sur le ventre au léger arrondi.

248

Merci de votre attention

Il pensa qu'il aimerait bien avoir un petit nécrologue.
A la rigueur un petit gynécologue-obstétricien.

Sur le pas de la porte, France Dubois considéra sa
sœur avachie dans le canapé, whisky et bloc à portée
de main.
– Tu vas plancher sur quoi, ce soir ?
– A ton avis ?
Effectivement, France se dit que c'était idiot de
poser la question. Eve n'allait pas laisser passer une
telle cérémonie. Elle excellait à épingler les errances
de la télé, ce soir, elle n'aurait que l'embarras du choix.
– Et tu irais jusqu'à parler de moi, me massacrer si
ton papier l'exigeait ?
– Tu sais bien, France, que quand j'enfile mon
costume de critique télé masqué, plus de lien, plus de
fratrie, même plus de gémellité qui tienne. C'est, me
semble-t-il, la grande force de *Z comme Zap* : les
lecteurs me voient comme une justicière sans compromission, sans connivence. Je suis sûre qu'ils ado-
reraient découvrir que ce Zorro de la télé qu'ils
lisent est pour de vrai zébré à la pointe, non pas d'une
épée, mais d'un couteau. Tu as remarqué, France,
comme le couteau cicatrise beaucoup moins bien que
le cutter ?
France claqua la porte. Ce fut sa réponse. Alexandra l'attendait en bas.

249

Anna lutte contre une rougeur qui résiste. Hésite à appliquer une couche de fond de teint supplémentaire. La région sinistrée risque de se rebeller un peu plus tard dans la soirée. Elle abandonne là la sournoise, prend un peu de recul devant le miroir, entreprend de se considérer sans se regarder tout à fait, impression d'ensemble, ça ira comme ça, tenter de s'oublier, perdre la conscience de ce visage qui la torture.

Et dire qu'elle risque de monter sur scène, de PASSER À LA TÉLÉ, d'offrir sa souffrance en direct aux yeux du monde.

— Et alors, pauvre fille, pense aux anciennes gloires à tes côtés, même combat, tellement plus difficile, même, le leur. Eux, ils ont connu la grâce du halo qui rend beau, on s'est extasié sur leur visage papier glacé, ils se sont vus optimisés dans le regard des autres. Eux, ils mesurent ce qu'ils ont perdu, toi, tu n'as passé ta vie qu'à l'imaginer. Alors, s'il te plaît, ce soir, oublie. Fais comme si. Fais-toi belle, aie la modestie de penser que tu peux plaire.

Moins cinq. Alain Mercier devait déjà l'attendre au carrefour. Elle le connaissait, il n'avait jamais réussi à être en retard.

Anna inspira profondément et enfila son manteau de fourrure.

Des portières de taxis libèrent des paires de jambes à la recherche d'une stabilité. Les smokings arrivent à la rescousse. Les couples ressoudés foulent le rouge du tapis. Dépression en vue, tonnerre de flashes.

Prendre la pose, tous le veulent, les chasseurs de visages connus empilés au mètre carré. « Alexandra, par ici, Alexandra, sur la gauche, un sourire, Alexandra ! », comme les affamés de vedettes venus se compresser derrière des barrières intransigeantes.

« Vraiment, je ne les comprendrai jamais, ces gens attirés, aimantés par la célébrité », se dit Eve, la pointe du stylo levée vers les abîmes de sa réflexion.

Finalement, cette soirée l'amuse au plus haut point. Du grand *Z comme Zap* en perspective, la télé qui récompense la télé, comme un apogée.

Soudain, son double déboule sur l'écran, gros plan sur la balafre de France, le ton de la réalisation est donné, ce soir, pas de pudeur en vue, tout montrer.

Zoom arrière, Alexandra à ses côtés, belle, très belle, cheveux brillants remontés en chignon, robe de lamé noir.

Les deux jeunes femmes se tiennent par la main. Eve aurait pu y puiser de la jalousie, la chroniqueuse n'y voit que l'image de la soirée, celle, pronostique-t-elle, qui fera la une des journaux le lendemain et réapparaîtra périodiquement dans les magazines, c'est parti pour tout le temps.

Qui c'est celui-là, sa tête me dit quelque chose, mais

bien sûr, c'est Fauré, Eve lui envoie illico un mauvais sort, un index sur l'autre, tendus vers la télé. Tsssit !

– Quel enfoiré ! Jamais pris des nouvelles de ma sœur. Que de la gueule ! En tout cas, au rayon pouffiasse, il a mis le paquet !

La caméra caresse un haut de cuisses dévoilé. Eve approuve, le plus vulgaire est toujours celui qui donne à montrer. La poitrine ne s'est pas davantage réfugiée dans la confidentialité, le visage est dévoré par des lèvres énormes, tendues à bloc. « Une ruine en collagène ! » s'esclaffe Eve.

Plan sur la salle qui se remplit progressivement, il y en aura bientôt pour du pognon, des salaires mirobolants des avantages en nature, des meilleures places dans les restaurants, des vastes appartements équipés gratis du sol au plafond, des courbes d'audience scrutées à la loupe, des « bonsoir, très heureux de vous retrouver, merci de votre attention ».

Agitation du côté des barrières. On refuse de laisser entrer un jeune Beur. Coup de théâtre. Amélie Millet et Sonia Stem jurent qu'il est avec elles. Le visage des cerbères se métamorphose illico. Vagues excuses. La casquette s'offre une énorme bulle de Malabar face caméra.

Eve tressaille et se rapproche de l'écran. Elle vient de voir passer sur le côté une silhouette familière. David ! Le mignon petit David dont elle n'a plus eu de nouvelles depuis elle ne sait plus quand, pourquoi d'ailleurs ont-ils seulement cessé de se voir, la question demanderait réflexion mais là, pas le temps, attraction maximale sur l'écran, belle brochette. Finalement, la voilà, l'image de la soirée, messieurs les photographes, sortez votre grand angle !

A la gauche de l'écran, Michel de la Hurière, venu seul, balafré.

A sa gauche, Sonia Stem, très en beauté, mais balafrée. Un jeune homme sans signe particulier lui tient la main, il semble dépassé par les spectaculaires événements.

A sa gauche, une fille en manteau de fourrure qu'Eve n'identifie pas. « Au centre de l'écran, vous apercevez la productrice de l'émission "Simili", Anna Cavaca », la renseigne la voix *off* qui s'écoute parler. Anna, papillon dans la lumière, donne le bras... « Mais c'est le nécrologue ! s'exclame Eve à voix haute. Le suspect de la première heure, Mercier, c'est ça ! Incroyable, qu'est-ce qu'il fait là ? »

A sa gauche, Amélie Millet, élégante dans un smoking noir, mais balafrée. Tiens, elle est avec le rappeur au Malabar, quelle touche, quand même, cherchez l'erreur !

Page de pub. Eve l'estime à la louche, vingt minutes au bas mot, quelques sushis feront l'affaire, la sonnerie du téléphone l'arrête sur le chemin du frigo, « j'aurais dû mettre le répondeur ».

– Oui, allô ?

– Eve, c'est maman ! Devine qui je viens de voir à la télé !

– Attends, laisse-moi réfléchir, non, vraiment, je ne vois pas.

– France ! Ta sœur France, sur La Première ! Main dans la main avec cette pimbêche qui lui a pris sa place à la météo, non, mais tu te rends compte ! Vous m'aurez vraiment tout fait toutes les deux ! Moi, demain matin, je ne vais pas à la messe dans ces conditions. Je n'ai pas envie d'être la risée de tout Versailles ! Elle ne pouvait pas rester tranquille, voilà maintenant qu'elle s'affiche comme pour m'humilier encore davantage ! Mais qu'est-ce qu'elle a, Eve, toi qui la connais bien, qu'est-ce qu'elle a ?

– Elle a qu'elle a trente ans et qu'elle a une vie à mener. Je t'embrasse maman, et embrasse papa. Surtout, restez branchés sur La Première, à mon avis, tu peux même éviter le marché demain matin.

Elle raccrocha, se prépara un plateau et revint au spectacle.

Il se passait apparemment quelque chose d'important, l'ensemble de l'assistance était debout. Que nous valait cet hommage unanime ?

Eve n'en revint pas. Sur son bloc, elle nota le mot « inflation ». C'était ça. L'époque était à l'inflation, de tout. Une salle offrait une *standing ovation* à une chanteuse bombardée star (elle venait d'être présentée comme telle, « star »), alors que son seul mérite appa-

254

rent avait été d'accepter d'être fabriquée *in vitro* à la télévision. Ne manquait sur le mode d'emploi que la durée de vie. Y avait-il seulement un jeu de piles supplémentaire ?

Et si une salle se levait pour elle, petite créature sans passé ni talent particulier, que ferait-elle, la salle, pour honorer ce grand reporter écrasé par un char dans un endroit dangereux du monde, une *standing ovation* à poil ? Peut-être bien ?

Les mots ne voulaient plus rien dire, à force de surenchère généralisée, de galvaudage à tous les étages, on pataugeait dans le non-sens.

Eve repensa à cette phrase d'Andy Warhol : « Ils sont surtout connus pour leur célébrité. » Elle n'aurait su mieux dire.

Sans surprise, le remplaçant de Michel de la Hurière au 20 heures de La Première (il avait été débauché de la 2, oubliant en un instant ses belles déclarations sur la différence du service public) obtint le prix du meilleur présentateur. Il eut le bon goût tout de même de faire court et sobre.

Un bonnet péruvien tenta de perturber la belle mécanique, le présentateur de la soirée lui accorda, au nom de la tolérance et de la liberté d'expression, quelques minutes pour passer son message sur l'avenir préoccupant des intermittents du spectacle, ce qu'il fit en s'excusant, et repartit sous les applaudissements.

Eve bâilla profondément, le convenu l'ennuyait terriblement. Qu'allait-elle donc bien pouvoir raconter dans sa chronique à livrer le soir même ? Elle consulta sa montre, encore plus d'une heure de louanges, de politesses généralisées, d'émotions étalées sur des tartines à manger sans faim, tiens, elle eut envie d'un toast de Nutella et ne se priva pas.

« Et maintenant, mesdames, messieurs, du grand soleil sur cette soirée puisque nous allons remettre le prix du meilleur présentateur météo ! »

Eve décerna illico à l'animateur de la soirée la palme très recherchée de la subtilité.

Enveloppe décachetée avec un mélange de doigté et de cruauté.

« Et le gagnant est une gagnante, Alexandra Sadoul qui officie sur La Première. Venez nous rejoindre, chère Alexandra, sous les applaudissements ! »

La jeune femme traversa la salle, une caméra carnivore d'émotions collée à son parcours. Elle se posta derrière le pupitre, attendit le retour du silence, se racla la gorge.

« Merci. Merci beaucoup. Vous êtes vraiment très impressionnants, vus d'ici ! (Rires polis de l'assistance.) Je pense à cet instant à ma mère qui m'a toujours manqué. Je pense aussi à David que j'embrasse profondément. Je pense à vous, Sonia, Amélie, Michel, salut Michel, tu es sur la bonne voie, à vous, victimes d'un geste fou qui a compliqué votre parcours. Sachez que je vous trouve encore plus beaux depuis. Belle également, très belle en dehors comme en dedans, celle que j'invite maintenant à me rejoindre, France Dubois ! »

Gros plan sur un visage défiguré, embelli par les larmes. Il faudrait maintenant que le corps se lève.

Eve se tamponne les yeux mécaniquement. Elle vient de se faire avoir par l'instant. Elle se sent, oui, c'est ça, elle se sent fière de sa sœur, heureuse pour elle, sans pollution. Elle se ressaisit, la chroniqueuse doit reprendre le dessus.

France commence à parler :

« Merci à tous. Merci Alexandra, je suis particulièrement contente que la récompense te revienne ce soir car tu es une fille bien. Il y a quelques années de ça, moi aussi, j'ai eu l'honneur de ce trophée. Comment vous dire, pardonnez-moi, je cherche mes mots. C'était une autre époque, je ne la renie pas. Simplement, un cutter a changé l'orientation de mon parcours. Ne me jugez pas, je ne fais plus partie de votre monde. »

France inspira profondément, on aurait entendu les gargouillis dans les estomacs de l'assistance qu'un verre de champagne tiède n'avait pas tout à fait réussi à combler.

« Je voudrais juste vous demander quelque chose. Je suis venue ce soir par amitié pour Alexandra. N'y voyez rien d'autre, un retour médiatique ou quelque stratégie de la sorte. Vous ne me reverrez pas. S'il vous plaît, tous autant que vous êtes (la caméra se resserra en un très gros plan), ne me cherchez pas, ne me harcelez pas pour que je m'en explique, respectez mon silence. C'est affaire de survie. »

Son dernier mot s'était coincé dans sa gorge, un courant de larmes contagieuses parcourut le public, une voix péremptoire retentit dans l'oreillette du présentateur lui intimant d'enchaîner, on se ramollissait, il fallait encore tenir le dernier quart d'heure : « Tu conclus et tu envoies la pub. »

« Superbe ! Merci belle France, merci pour cette émotion vraie que vous venez de nous offrir. Dans un instant, le prix de la meilleure émission du câble. A tout de suite ! »

Eve rattrapa son téléphone portable. Ses mains tremblaient, malhabiles à composer les lettres du Texto. JE SUIS TELLEMENT FIÈRE DE TOI. À LA VIE À LA MORT. JE T'AIME. E.

Son téléphone fixe sonna, elle identifia le numéro de ses parents et décida de ne pas répondre.

D'un seul coup, la jeune femme ne sut plus très bien quoi faire de *Z comme Zap*. Elle se voyait mal dézinguer sa sœur, la verve ne pesait plus lourd, elle se calma et se reconcentra sur l'écran, espérant y trouver une substance finale moins compromettante.

« Bonsoir si vous nous rejoignez à l'instant, re-bonsoir pour tous les autres. Vous êtes bien sur La Première. J'espère que vous passez une bonne soirée en notre compagnie. Ce soir, nous récompensons le meilleur de la télévision, nous honorons comme ils le méritent ceux qui vous informent, vous distraient, ceux que vous aimez comme on aime des amis ("Speede, on est à la bourre !"). Nous allons maintenant remettre la dernière récompense, celle de la meilleure émission du câble. Voyez cette enveloppe, le nom du vainqueur est à l'intérieur, mais je ne vais pas faire durer le suspense plus longtemps. »

Monsieur Tremblard passe effectivement une excellente soirée, le nez quasiment collé sur l'écran.

Eve Dubois commence à s'endormir. Il ne le faudrait pas.

France Dubois est déjà sur le chemin qui la ramène chez elles.

Fauré se frotte les mains, la moisson est bonne.

Michel de la Hurière semble ne penser à rien, impassible.

N'en pouvant plus d'attendre, Sonia Stem glisse sa main dans celle d'Amélie Millet.

Amélie Millet se méfie du frisson.

Le Jérôme de Sonia traque le rouge des caméras.

Un siège vide, MCC est parti s'en rouler un. Pas près de revenir, le barman backstage est plutôt mignon.

Alain Mercier sourit à Anna Cavaca pour lui donner du courage.

Merci de votre attention

« J'aurais jamais dû venir », pense Anna Cavaca. Devant son écran, Suzie n'aime pas tellement ces deux-là ensemble. Elle aurait mieux fait de regarder *Friends*.

En coulisses, Alexandra répond aux questions d'une meute de journalistes hystériques.

Depuis la coulisse où il couvre la soirée, David Divarovitch a fait un pas de côté. On ne se refait pas tout à fait, là, moins que jamais.

A distance, suffisamment pour voir sans être vu, tapi dans un coin, il l'observe, assaillie de toutes parts, dans la ligne de mire.

Finalement, il ne le pourra pas. Lui tendre son micro comme si de rien n'était. Inenvisageable. Faire semblant de faire son métier après ce qui vient de se passer. Elle l'a dit. Publiquement. Que c'en était gênant. Qu'elle pensait à lui. Elle l'a embrassé. Si seulement. Profondément. Elle l'a dit à la télé. Pouvait pas le lui dire en face ?

N'empêche. Il ne s'y attendait tellement pas, n'arrive plus à attendre quoi que ce soit. Ainsi désarmé, les mots l'ont cloué. C'est crétin comme il a eu envie de pleurer. Ses yeux se sont mouillés, somme de sentiments, retard de tristesse et rasade d'allégresse.

Sur le coup aussi, il a voulu courir. Monter sur la scène, l'enlever, rouler, vivre enfin ce qu'ils doivent.

Il ne l'a pas fait, les caméras, la télé, l'horreur du spectacle, et aussi la conscience de lui-même.

Il se méfie de lui, se sent échaudé, s'oblige à ne pas s'emballer, n'envisage pas d'avoir mal. Il se remet à peine.

Alors prendre le temps, ne pas mélanger les genres, faire confiance à plus tard.

Retrouver ses réflexes professionnels, s'y tenir.

Tant pis pour le document. Il repiquera la réaction d'Alexandra sur le Nagra d'un de ses confrères radio. L'embarras du choix. Il les regarde en grappes serrées recueillir les propos de la lauréate, gaver la bête médiatique.

D'où il est, David n'a pas le son, perçoit parfois l'éclat de rire étouffé du petit groupe qui s'autosuffit. Alexandra les balade, tour à tour mutine puis grave. En se penchant, David peut suivre les variations du beau visage de trois quarts.

Elle est parfaite. Expressive, médiatique, télégénique.

Et puis, elle penche la tête et il se dit que cette attitude-là lui revient.

« Je ne vais pas faire durer le suspense plus longtemps... »

Les mains finement manucurées déchirent l'enveloppe.

« Eh bien, mesdames, messieurs, la récompense de

la meilleure émission du câble est attribuée cette année à... "Simili" ! »

Oh !!! Un frisson parcourt la salle, les visages lisses se tournent simultanément vers le coin des zébrés.

Ils se sont levés, les victorieux, ils en ont tellement bavé, l'épreuve les resserre enfin dans le meilleur.

Sonia a sauté dans les bras d'Amélie et la serre à la faire défaillir.

Effectivement, Amélie frôle les pommes, elle seule sait vraiment pourquoi.

Michel a tendu un poing qu'Eve décrit davantage comme libérateur que rageur.

« Quel con je fais ! pense Fauré. J'aurais dû le garder ! »

Eve remarque également le visage décomposé d'Anna, « ravageuse émotion », note-t-elle sur son bloc, la demoiselle n'a peut-être pas été servie en belles choses. Dans le direct de l'instant, elle ne sait que faire de ce bonheur, il l'encombre.

Une main amie la sauve, lui donne une contenance, suivre le mouvement.

Une chaîne joyeuse monte sur scène, tous se tiennent, saluent de concert comme des comédiens à la fin d'une pièce, ne semblent pas disposés à parler, qu'y a-t-il donc à ajouter qu'on ne puisse voir à l'œil nu ?

Mais une offre de parole à la télé ne se refuse pas, ça ne se fait pas de cracher sur un tel privilège.

(Demande-leur un mot et grouille, on rend l'antenne dans trois minutes !)

« Michel de la Hurière, Amélie Millet, Sonia Stem, vous les aimez, vous les suivez chaque soir de plus en plus nombreux dans "Simili". J'invite la productrice de l'émission, Anna Cavaca, à venir nous dire quelques mots, applaudissements, mesdames, messieurs ! »

Anna rejoint gauchement le micro, elle a chaud, elle a froid, elle ne sait plus, dents serrées, impossible d'esquisser un sourire, elle ne le peut pas, l'émotion la fige, elle voit la salle tanguer, s'accroche au pupitre, il faut qu'elle plonge, qu'elle plonge, la tête la première dans cette mer humaine. Le silence s'est fait, tous la regardent, tous ces yeux posés sur elle, et aussi ces gros yeux noirs dont un est surmonté d'une lumière rouge, les secondes de plomb s'égrènent, aucun son ne sort de sa gorge asséchée.

(Fais quelque chose, ça ne peut pas durer.)

Un silence à la télé, quelle horreur ! Le présentateur s'approche de la productrice, il lui parle comme à une grande malade, tout doucement et avec des mots simples.

« Ça va, Anna, voulez-vous nous dire quelque... ? »

D'un geste, elle l'a fait taire.

David s'est approché de l'écran qui diffuse la cérémonie en coulisses. Se concentrer sur les sujets qu'il

263

laissera, petits bijoux ciselés, pour la matinale du lendemain matin. Il y passera probablement une partie de la nuit. Des heures au service d'une minute trente, laquelle s'envolera après diffusion. De l'éphémère comme il aime.

Il s'imagine déjà réécouter ses sons, prendre un angle, y coller un récit et ses mots en ciment. Et puis monter, le moment qu'il préfère, suggérer par un silence ou un non-dit.

Il revient au retour de l'émission, découvre un visage en gros plan. Le synthétiseur fait les présentations : ANNA CAVACA, PRODUCTRICE DE « SIMILI ».

La voilà donc, cette Anna dont Alexandra lui a tellement parlé.

Il se passe quelque chose de curieux qu'il ne saurait formuler.

Il voit le présentateur s'impatienter, ce silence ne peut plus durer, et tenter d'intervenir. Elle le rabroue d'un geste.

David scrute ce visage qui suinte le malheur. Ça y est, elle se décide à parler. Il faut absolument qu'il lui parle, après. Qu'il règle son compte à un pressentiment.

Chez elle, Eve se rapproche de l'écran, le visage tendu vers l'événement. D'un simple mouvement des bras, elle pourrait enlacer le téléviseur. Elle sent bien que le moment est exceptionnel, qu'on n'a encore rien vu. Machinalement, elle se ressert du whisky, le fait à l'aveugle, les yeux aimantés vers ce visage aux plaques rouges à qui un gros plan ne laisse aucune chance.

Anna Cavaca s'apprête à parler :

« D'abord, bien sûr, vous dire merci. Merci pour tous ceux qui font "Simili". (Travelling sur les visages en arrière-plan, abîmés et rayonnants.)

Michel de la Hurière, Amélie Millet, Sonia Stem, ils ne vous le diront pas, j'espère qu'ils ne m'en voudront pas de le dire à leur place, pour eux, participer à "Simili" était affaire de survie. » (Un silence.)

« La vérité, c'est que personne ne voulait de cette émission. Merci donc au câble qui a offert une place au non-conforme.

Vous savez, non, vous ne le savez sans doute pas, je travaille à la télévision depuis quelques années, j'ai sévi comme petite main aux émissions de société puis aux jeux sur La Première. C'est pourquoi, si vous le permettez, j'aurais quelques mercis supplémentaires à adresser. »

(Elle nous gonfle, elle ! Prépare-toi à conclure !)

Eve Dubois subit une baisse d'intérêt. Finalement, cette Anna est conventionnelle et décevante.

Dans la coulisse, Alexandra en a fini de répondre

aux journalistes. Elle ne sait pas encore que son amie Anna vient d'être récompensée.

Elle remarque un jeune homme de dos, collé à l'écran de contrôle, et ne reconnaît pas David.

Dans la salle, obnubilée par le dîner d'après-cérémonie, Fauré se sent soudain inquiet.

« D'abord, d'abord un grand merci à un homme sans qui je ne serais pas là ce soir. A le regarder travailler, il m'a dégoûtée de la télé telle qu'elle se pratique en grande majorité. Vous Fauré ! Où êtes-vous ? (Anna le cherche du regard et finit par le trouver, la caméra suit le mouvement.) Fauré, vous êtes une raclure, une raclure au pouvoir. (Les têtes se tordent pour apercevoir l'apostrophé victime d'un rictus nerveux de la lèvre supérieure.) C'est même votre spécialité, de racler. Les têtes qui dépassent, les points d'audience, les particularismes, vous raclez, vous raclez, exclusivement par le bas, sans doute avez-vous été choisi pour ça. Rassurez-vous, le système aussi finira par vous racler, avec les mêmes méthodes, inhumaines et odieuses. Au moins aurez-vous les moyens de finir dans une belle médina au Maroc... Je voudrais aussi...

– Eh bien merci, Anna Cavaca, on salue ici votre franc-parler qui a d'ailleurs contribué au succès de "Simili", un ton sans compromission ! L'heure est maintenant venue de...

– Toi, le petit soldat, tu la fermes. Je n'ai pas ter-miné. »

Eve se surprend à sourire. C'est du caviar pour sa chronique.

David se demande bien pourquoi il pense à sa grand-mère. Pas par tristesse, pour la première fois, il repense à une conversation avec elle, il s'en souvient très préci-sément, maintenant, il pourrait citer l'échange de mémoire : « Il faut être malheureux pour faire ça. Pour passer à la télé ? Non, pour empêcher les autres de le faire. »

« Vous aussi, tous les autres ! Vous, vous, vous ! (Anna pointe du doigt les points cardinaux de la salle estomaquée.) Tous consentants, tous coupables. »

(On va envoyer le générique de fin, prépare-toi à dire au revoir comme tu pourras.)

« Par exemple, toi, le réalisateur de cette fumisterie qui t'apprêtes à rendre l'antenne, je le sais, j'ai vécu la même chose des années durant depuis la régie, quand on perd le contrôle, on musèle. Toi, le réal, ou ton supérieur, car le directeur d'antenne doit être au téléphone, là, non, je me trompe ? Il y a urgence, branle-bas de combat ! Eh bien, à tous, je vous conseille de ne pas couper tout de suite. Je vous promets pour bientôt un pic considérable d'audience, je m'y engage personnellement. »

– Trop fort, cette fille est trop forte !

Eve venait de se parler à elle-même et du coup aussi à France qu'elle n'avait pas entendue arriver.

– France, viens te poser ! Anna Cavaca est en train de péter les plombs, elle signe son arrêt de mort dans le métier, mais putain, quel panache ! C'est un carnage en direct, j'adore !

Une caméra montrait à présent quelques mouvements dans la salle, certains sortaient, ne supportaient plus.

« Tous coupables de capitulation devant la machine. Vous croyez faire du gras sur le dos de la bête, comme vous êtes naïfs ! Aveuglés par cette vie facile, repus sous les privilèges, magnifiés, au maximum de vos possibilités par le travail d'armées de stylistes, coiffeurs, manucures, tous semblables en fin de compte. Uniquement récompensés pour être tombés dedans. Vous passez à la télé, et après ? Qu'avez-vous fait, dans la vie, que vous vaut un tel pinacle ? Vous avez sauvé des vies humaines ? Vous avez écrit des romans qui ont changé des existences ? Trouvé des vaccins ? Fait le bien ? Non. Vous êtes passés à la télé. »

Un applaudissement isolé retentit dans la salle. Le présentateur crut pouvoir profiter de cette courte diversion pour se rebiffer.

« Mais vous aussi, en ce moment, Anna Cavaca,

vous passez à la télé ! Elle vous accorde même en ce moment précis votre heure de gloire ! »

Eve attrapa le coude de sa jumelle, comment Anna allait-elle s'en tirer, le présentateur n'avait pas tort.

« Effectivement. Vous avez raison. Mais rassurez-vous, je n'ai pas l'intention de vous faire de l'ombre, c'est même la dernière fois que vous m'y voyez. Et savez-vous pourquoi ? »

Il fit non de la tête, n'entendant pas trop se compromettre en ce fâcheux instant, il s'imaginait déjà dans le zapping, le zapping de la semaine, le meilleur du zapping, une année de zapping, le zapping du zapping.

« Pour des milliards de raisons. Je ne vais vous en livrer que les deux essentielles, car vous avez raison, je suis un peu longue. »

Elle s'offrit tout de même le luxe d'un ultime silence.

« D'abord, parce que je sais, moi, combien la télé abîme. Elle commence par magnifier avant d'abîmer de façon indélébile. Que croyez-vous au juste ? Vous appartenez aux autres, vous appartenez à ceux qui vous regardent, chez eux, depuis la toile cirée, entre le pot-au-feu et l'amour conjugal du samedi soir. Vous leur devez tout. Une bonne humeur constante, un sourire permanent, une peau de soie, une coupe au millimètre, vos affaires de cœur, vos mariages, vos enfants, vos goûts déclarés, slip ou caleçon, souvenirs de Noël, marque d'après-rasage ou de crème de jour. »

– Où veut-elle donc en venir ?

Même Eve, qui pourtant s'était spontanément rangée du côté d'Anna, commençait à trouver le temps long, ce temps qui désormais lui était vraiment compté pour écrire et envoyer son papier.

France de son côté avait déjà lâché l'affaire, réfugiée dans la salle de bains, un peu vexée de ne pas mériter plus d'attention de la part de sa sœur, lassée par Anna qu'elle n'avait jamais sentie, et pressée de rendre à sa peau une plus ample respiration.

« La deuxième raison pour laquelle vous n'êtes pas près de me revoir, c'est que ce soir j'arrête "Simili". »

Eve venait de trouver son titre : « Suicide en direct. »

Elle se leva d'un bond, c'était maintenant, allumer l'ordinateur, la télé en fond sonore des fois que, raconter l'exceptionnel, s'en tenir à ses impressions, ne pas oublier qu'elle représentait les téléspectateurs dans leur émotion et leur mauvaise foi.

Appliquée à mettre des mots sur son ressenti, c'est tout juste si elle remarqua qu'on en était à la pub. La direction de la chaîne venait de reprendre le contrôle.

Dès qu'il comprit, David tenta d'anticiper la réaction d'Anna. Il chercha sur les murs un plan d'évacuation incendie et finit par en trouver un. La sortie

de secours, vers le fond, sur la droite. Pourvu que...
Non, c'était impossible, il n'avait pas perdu de temps.

Il courut dans les couloirs, croisa des groupes de
gens, perçut des « incroyable ! », des « quel culot ! »,
quelques journalistes aussi, aux abois, tous la cher-
chaient.

Il s'enfonça dans les entrailles, passa d'une indication lumineuse à l'autre, déboucha sur une longue allée
et aperçut un manteau de fourrure de dos.

La silhouette avançait sans nervosité apparente.

David avala la distance d'un sprint qu'il souhaita
silencieux.

– Anna !

Elle se retourna lentement.

– David Divarovitch. Il faut que je vous parle.

– Je n'ai rien de plus à dire. Même à vous, dont
j'apprécie énormément le travail, je suis d'ailleurs heureuse d'avoir l'occasion de vous le dire.

– Merci. Mais il faut que je vous parle personnellement. Mon Nagra ne tournera pas, vous avez ma
parole, si toutefois une parole veut encore dire quelque
chose pour vous.

– Tout dépend de qui la prononce, c'est toujours
pareil ! Je serai ravie, David, de discuter un de ces jours
avec vous. Mais là, comprenez bien que j'ai envie de
rentrer chez moi.

Il sentit qu'elle était en train de lui échapper.

– Ne comptez pas trouver la paix dans l'immédiat.

271

Je connais mes confrères, certains vous attendent déjà en bas de chez vous.

– Vous êtes en train de me faire le coup de la bonne foi, là ? Parler une fois pour être tranquille, en l'occurrence vous parler à vous ? Je vous imaginais plus subtil, David. Mais après tout, peut-être n'était-ce que le regard qu'Alexandra portait sur vous...

– Là, c'est vous qui portez un coup bas !

– A ce point-là ?

– Bon, Anna, cessons de jouer. Honnêtement, il faut que vous laissiez passer quelques heures. Vous n'arriverez même pas à sortir de cette enceinte.

– Que proposez-vous ?

– Eh bien, le mieux est d'attendre ici, à l'intérieur, là où ils ne vous chercheront pas. Et je me propose de vous aider à patienter, si bien sûr ma présence ne vous paraît pas trop insupportable...

– Ben, vous voyez quand vous voulez ! Où va-t-on ?

– Suivez-moi, je vous sers d'éclaireur. C'est très simple, nous allons à la fois retourner sur scène et fuir les flashes. Ça devrait vous aller, comme contradiction.

– Effectivement.

– Félicitations pour votre manteau de fourrure, il vous va à ravir.

David refit le même chemin en sens inverse, Anna dans son dos.

Ils arrivèrent en bas de l'escalier qui menait à la

scène, ils n'avaient croisé que des balayeurs absorbés dans la vacuité de leur tâche.

– Pardonnez-moi, je vous précède. On n'est pas à l'abri d'un endormi dans la salle ou d'un technicien ivre mort au pied d'un micro.

– Et les machinistes, vous en faites quoi, des machinistes ?

– Préavis de grève. Ils ne démontent pas jusqu'à nouvel ordre. Mais je vais quand même voir.

David gravit les marches, accéda à la scène, fut frappé de la solennité qu'accentuaient encore le silence et le vide.

Personne.

Il revint en haut de l'escalier, ne se demanda pas si Anna était encore là.

– Alors ?

– La voie est libre.

– J'arrive. Vous ouvrez la bouteille ?

Finalement, ils avaient préféré deux fauteuils rouges au milieu de la salle. L'heure ne semblait pas être à la représentation.

– Je vous écoute.

– Deux solutions. Soit je vous parle d'Alexandra, soit je vous parle de ma grand-mère.

Anna parut surprise, c'était un bon point.

273

— Je suis désolée pour votre grand-mère, Alexandra m'a dit.

— Elle vous a dit quoi ?

— Que ce devait être terrible pour vous et qu'elle ne pouvait pas faire grand-chose.

— D'accord, je vais vous parler de ma grand-mère. Une vieille dame sourde, éternuant souvent et très fort, mais aussi une personne qui savait tout.

— Tout de quoi ?

— De la vie en général et surtout de la mienne. Au point de deviner ce que je ne voyais pas.

— On est souvent très myope sur sa propre vie.

— Et vous, Anna, vous savez pourquoi vous avez fait ça ?

— Ce n'était pas prémédité, je le jure, pas au début en tout cas, c'est venu comme ça. Mettons cela sur le dos des aléas du direct...

Elle résistait encore, il poursuivit sur son idée.

— Et sans doute avez-vous enchaîné en vous prenant au jeu... Pour revenir à ma grand-mère, elle adorait regarder la télé. C'était sa fenêtre sur un extérieur léger et merveilleux dont elle avait été empêchée toute son existence. Je vous fais grâce des raisons, une enclume dès le départ. Et figurez-vous que ma grand-mère a été très peinée par toutes ces agressions contre les présentateurs de la télé.

— Ne m'en parlez pas. Personnellement, ça m'a empêchée de dormir à plusieurs reprises.

Il n'y arriverait pas. Il fallait y aller maintenant.

– Anna ?

– Oui ?

– Voulez-vous connaître la théorie de ma grand-mère sur l'agresseur en série ?

– Dites toujours.

– Figurez-vous qu'elle m'est revenue tandis que je vous regardais sur l'écran de contrôle tout à l'heure dans la coulisse...

– C'est le problème de la télé, un malentendu per manent...

– Ma grand-mère disait qu'il fallait vraiment être malheureux pour faire ça.

– Pour passer à la télé ?

– Non, pour empêcher les autres de le faire.

– Possible. Je vais vous faire un aveu : passer à la télé, ça ne m'a pas plongée dans le bonheur.

– Oui, mais vous l'avez fait. Entourée de personnes encore plus marquées que vous, mais vous l'avez fait quand même. Et ça, vous ne l'auriez pas imaginé parce ce que vous ne vous en sentiez pas capable. Empêchée par votre malheur, malheureuse car empêchée. Alors...

David cessa de parler. Doucement, il tourna la tête vers Anna et tomba sur un visage tourmenté où coulaient de grosses larmes.

Il ne put s'empêcher de trouver qu'elle avait eu du cran.

Merci de votre attention

Il se leva doucement, la laissa là, avec ce goût de sang sur sa conscience.

Par les travées, il rejoignit la scène, se retourna vers elle, petite chose recroquevillée parmi les fauteuils rouges.

– Et Alexandra, vous l'avez épargnée parce que vous l'aimez ou parce que vous ne l'aimez pas ?

« ... *il y avait un mélange de rage et de soulagement sur ce visage en gros plan d'une productrice qui venait d'entraîner dans sa chute les visages balafrés à qui elle avait contribué à rendre la vie.*

Ce fut la dernière image de cette soirée avant la pub.

Une marque de machine à laver nous signala que le bel ordonnancement venait de reprendre.

La Première a réalisé hier soir son record d'audience tous temps confondus. »

Z comme Zap

Merci infiniment :
Frania et Michel (leur soutien sans faille), Elo (à volo), Jo et Bruno (sans rancune pour les capots), Kath (grande sœur forever)

Merci pour leurs lumières :
Sylvie Genevoix, Laurent Bonelli

Lieux des crimes : Carnac, Caen, New York, Tataouine, Les Petites Dalles, Poste Lafayette, Burzet (chez Benoist).

Bande son : Jean-Louis Murat, Christophe, Eels, Dani/ Daho, Lou Reed, Emiliana Torrini.

Édition exclusivement réservée
aux adhérents du Club
Le Grand Livre du Mois
15, rue des Sablons
75116 Paris
réalisée avec l'autorisation des éditions Albin Michel

*La composition de cet ouvrage
a été réalisée par I.G.S. Charente-Photogravure,
à l'Isle-d'Espagnac,
l'impression a été effectuée
sur presse Cameron dans les ateliers
de Bussière Camedan Imprimeries
à Saint-Amand-Montrond (Cher).*

Achevé d'imprimer en avril 2003.
N° d'impression : 031912/4.
Dépôt légal : mai 2003.
Imprimé en France
ISBN 2-7028-8440-7